ALBERT CAMUS

西西弗神话

[法] 阿尔贝·加缪——著　胡小跃——译

浙江人民出版社

只 为 优 质 阅 读

好
读

Goodreads

献给帕斯卡尔·皮亚[1]

①帕斯卡尔·皮亚（1903—1979）：法国作家、记者，加缪好友。1942年加缪参加抵抗运动时曾在皮亚领导下工作。——译注

吾魂啊，别求生命永恒，但尽人事之所能。

——品达[1]《颂歌献给特尔斐竞技会获胜者之三》

①品达（公元前518—前442或前438）：古希腊抒情诗人，被后世认为是古希腊九大抒情诗人之首。——译注

导　读

《西西弗神话》是加缪的代表作，是一部哲学论著，但由于摆脱了学院派使用的论文模式，而采用较为文学的表述方式，所以也被当作一本哲学随笔或散文。它与同一年出版的《局外人》（1942）及1944年出版的《卡利古拉》构成了加缪的“荒诞三部曲”，它们要表现和探讨的都是“荒诞”这一主题。在《西西弗神话》中，加缪主要论述荒诞、荒诞感、死亡与反抗、幸福与悲剧等一系列哲学问题。

西西弗是古希腊神话中的人物，他被罚把一块巨石推向山顶。但到了山顶，巨石又滚向了山脚，西西弗又得重新到山脚下把巨石往山顶上推，周而复始。关于他受罚的原因，有多种说法。一说西西弗掌握了河神的女儿被宙斯绑架的秘密，他以此要挟河神，要求河神给科林斯城堡供水，因此得罪了河神。另有一说西西弗临死之前，想考验妻子对他的忠诚，要她不要埋葬他的尸体，而是丢弃到公共广场中央，妻子照办了。西西弗死后来到地狱，对妻子的这种行为感到十分气愤，请求冥王让他回到人间去惩罚妻子。但他重新感受到这个世界的生机，沐浴过阳光和雨露之后，便不愿再回地狱中去了，结果惹怒了诸神，让他日复一日地推石上山，重复这一无用而无望的劳动，消耗自己的生命，从而构成了世间的一大悲剧。

但加缪笔下的这本《西西弗神话》，大部分篇幅谈的并不是这个故事，而是“荒诞”这一主题。全书分三章。第一章“荒诞推理”围绕“荒诞”和“荒诞感”展开，并把“荒诞推理”作为一种方法，直接运用到后两部分“荒诞人”和“荒诞创作”当中。

加缪从荒谬诞生的条件开始阐述，考察和分析了黑格尔、克尔凯郭尔、雅斯贝斯、舍斯托夫、胡塞尔对荒诞问题的看法，发现在这些著名的哲学家当中，有的得出了与原先立场相反的结论，即放弃理性，转向上帝，比如克尔凯郭尔、舍斯托夫；有的则经过一系列肯定和否定之后，夸大了理性的作用，让理性变得毫无界限，走向了抽象哲学，比如胡塞尔。这是全书思辨色彩最浓、理论成分最多的一章。

第二章谈的是“荒诞人”，也就是与世界、与时间形影不离的人。加缪在这一章把“荒诞”这个概念具体化和形象化了，并举例说明什么叫“荒诞人”。他从唐璜开始谈起，认为那个放荡不羁的“诱惑者”最大限度地生活在激情中，生活在当下，不相信明天，他的王国就是今天。与追求质量的圣人相反，唐璜奉行的是量化伦理，他不打算（长期）“收藏”女人，而只在乎被他诱惑的女人的数量。第二个例子是演员，他们的荣誉和梦想只存在于戏中，走下舞台就成了凡人，他们在短暂的人生中追求着短暂的荣誉，其荒诞在于明知不可能完全成为角色本身，却不顾一切地穷尽它，在扮演角色的过程中实现了荒诞人的命运；第三个例子是征服者，他们意识到没有任何东西是持久的，所以放弃了永恒，因为永恒的胜利只有一种，那就是永远都不会得到的那种胜利。征服是反抗命运的一种方式，征服者的伟大之处，在于他们瞬间清醒地意识到人类的精神力量。

第三章讨论的是“荒诞创作”，带有一定的文学评论性。加缪发现“一些存在主义小说家和哲学家的作品，完全转向荒诞及其结论，最后终于大声喊出了这种希望”。他从“荒诞”角度对很多文学作品进行了独到的分析，探讨了荒诞创作者或荒诞艺术家的创作，认为既然解释是徒劳的，那荒诞艺术只能描述这个世界上的无数经验。荒诞创作应不加任何评判，不对希望作任何暗示。加缪根据这一理论分析了陀思妥耶夫斯基的创作，尤其是《作家日记》《群魔》和《卡拉马佐夫兄弟》。这些作品都以荒诞为主题，前两本探讨的是哲学性的自杀，而《卡拉马佐夫兄弟》最终找到了通往希望与信仰的道路，所以就算不上是荒诞创作了。

加缪笔下的西西弗，不仅是一个荒诞人，而且是一个反抗者。当他发现自己的努力是徒劳的，确信自己逃不脱悲剧命运时，便意识到了自己的荒诞处境，并且接受了这一事实。矛盾的是，接受了这种不可避免的失败后，他反倒感到自由与解脱了。直面人生，不逃避现实，承认事实，摒弃绝对虚无主义，这已经是一种反抗了，所以也就是一种“胜利”了。于是，这一悲剧瞬间变得崇高了，所以加缪说，

“应该想象西西弗是幸福的”。

在加缪看来，所谓荒诞，就是非理性与凡事要弄个明白的愿望之间的冲突，现实与理想往往存在巨大的落差。这种落差，就是世界的荒诞性。这是一个没有理性的世界，所以出现了许多荒诞的事情。“我们再也搞不懂这个世界了，无法再理解世界，只有一件事情可以肯定：世界的这种厚重性和奇特性，就是荒诞”；“他希望明天，而他身上的一切都应该在拒绝明天。这种肉体的反抗，就是荒诞”；“不认识自己以及原以为认识的东西，这也是荒诞”。

荒诞是天注定，无法避免。存在主义者认为，存在先于本质，所谓“本质”并不是天生的，而是后天造就的。人无力改变世界，也无法支配自己的命运，他唯一能支配的只有自己的存在。可支配的人生与无法支配的命运之间的矛盾，让人产生了一种“荒诞感知”。这种难以捕捉的荒诞感无处不在，“无论在哪个街角，荒诞感都会向人扑面而来”。人被荒诞感包围之后，便会患上“荒诞疾病”，成为“荒诞人”。

加缪将荒诞人分为三种。第一种是“生理上的自杀者”，因无法忍受生活的荒诞与无意义而选择了自尽。“我看到许多人由于认为生活不值得活而结束了自己的生命。”既然人生摆脱不了荒诞，命运不可掌控，那么最好的办法就是自我了断。人死了，荒诞也就不存在了。问题是，对他而言荒诞是消失了，但对其他人来说荒诞仍然存在，所以说生理上的自杀实质上是一种逃避，它想消灭荒诞，但荒诞永远不会消失。

第二种是“哲学上的自杀者”，他们不是正视荒诞，而是放弃自己的理性思考，依赖虚幻的神，逃避到并不存在的上帝那里去。这也是一种消极的人生态度，加缪无情地指出：“自杀是一种无知。”自杀者看不到生命的意义，不再关心存在的本质，失去了思想的光芒。那么，意识到荒诞不可逃避，是否必然导致自杀呢？加缪的回答是：“不，必然导致反抗。”他从荒诞中推导出三个结果，即自由、激情与反抗。

加缪在《西西弗神话》中说：“明天并不存在。从此，这将是我要获得极大自由的原因。”既然没有明天，没有来世，就要义无反顾地生活。自由就是摆脱生命以外的一切，也意味着失去上帝，“一切皆被允许”，“神秘主义首先找到了一种自由赋予自己，他们沉浸在自己的神当中，同意他的规则，不知不觉中自己也变得自由了”。但这种自由并非为所欲为，而是一种痛苦的确认，并伴随着责任，人是要对自己的行为负责的。一旦知道死亡是最大最明显的荒诞时，就要立足当下，在自由的范围内尽情地生活。

明知无用却仍充满激情，明知自由已到尽头，仍不断冒险，这就是荒诞激情。激情是最大限度地意识到自己的生命，对现在说“是”，对未来说“不”！重要的不是生活得最好，而是生活得最多；重要的是生活在现在，而不是生活在别处。

反抗又叫肯定，是比激情更进一步的行为，在加缪看来，发现荒诞，这仅仅是一个出发点，更重要的是对荒诞采取反抗态度。如果只停留在意识到荒诞这一阶段，人往往会陷入忧郁和软弱的境地。而反抗却会让生命具有价值，使生命恢复辉煌。“反抗者”也就是加缪赞扬的“荒诞英雄”，西西弗便是这样的一位“英雄”。使西西弗成为荒诞英雄的，一部分出于他的激情：“西西弗是个荒诞英雄。他成为英雄更多的是由于他的激情而非痛苦。他蔑视众神，仇恨死亡，热爱生活，所以遭受了难以描述的苦难。”人如果产生了荒诞感知，生活就没有具体的意义了，他不会再相信“永恒”。而人一旦在时间上定位，就不再属于自己，而属于时间了，成了一种“无用的激情”。面对这种情形，西西弗选择成为反抗者。既然不再属于永恒，那就要为现在而活，拒绝被神明和永恒所奴役。于是，他欣然接受了荒诞的命运，将巨石一次次推上山顶。

西西弗的反抗，虽然没有消灭荒诞，但他也没有逃避荒诞，而是成了荒诞的支配者，因为他并没有为荒诞而活，而是为当下的自己而活。这种乐观的哲学态度使西西弗在无意义的劳动中找到了意义。“推石上山这一斗争本身就足以充实人心。”他让巨石变成了自己的存在，掌控了自己的现在。“西西弗无声的喜悦全在于此。他的命运属于他自己。那块巨石就是他的事。”这就是西西弗的伟大之处。

西西弗的行为显然是悲壮的，因为他意识到了荒诞。但如果每一步都有成功的希望支撑，他的痛苦又从何谈起？所以他的英雄性又来自他的困苦。事实上，他并没有摆脱荒诞的命运，他的人生依然是荒诞的，每天要做的就是推动巨石，如果不再推动巨石，他的存在也就无法得到证明，这便是西西弗的困苦所在。他在推动巨石的过程中，已经知道自己生活在荒诞之中，且无法改变命运，但他在这令人绝望的悲剧中，无力却又反抗，从而成了“荒诞英雄”。洞察力让他痛苦，也造就了他的胜利，加缪把“反抗”视为从荒诞那里得到的最重要的成果。

纵观全书，我们发现，《西西弗神话》从“荒诞”入手，在理论探讨的基础上，引入“荒诞人”和“荒诞创作”这两个概念，经过一系列演绎和推理，逐渐完善关于“荒诞”的理论，最后用“西西弗神话”来归结。这篇“神话”

对人类的生存状况进行了深刻隽永的描述，虽然篇幅最短，却提纲挈领，是全书的核心所在，而其他几篇长文则从各个侧面论证和充实了加缪一生创作和思考的两大主题，即“荒诞”与“反抗”。可以说，《西西弗神话》是加缪对荒诞哲学最深入集中的考察与最透彻和清晰的阐释。我国著名法国文学专家柳鸣九先生说：“这部著作要算是使加缪之所以成为加缪的最有力的一部杰作……是他全部作品与著作的精神基础、哲学基础。它之所以重要，就在于它从哲理的角度描述、阐明了人最基本的生存状况，把纷纭复杂、五光十色、气象万千的人的生存状况概括、凝结为西西弗推石上山、永不停歇但却劳而无功的这样一个图景。”

胡小跃

2021年1月

目录

一 荒诞推理

重要的哲学问题

真正重要的哲学问题只有一个，那就是判断此生值不值得过下去，这是在回答一个根本的哲学问题。解决了这个问题，其他问题都会迎刃而解，比如，世界是否有三个维度？精神有九个层面还是十二个层面？这些问题是一些游戏，必须首先回答第一个问题。如果确如尼采所希望的那样，一个哲学家，想得到别人的敬重，就必须以身作则。那么，人们就能理解这一回答的重要性了。因为先有回答，才会有决定性的行动。对于这些明显的事实，心灵是十分敏感的，但必须深化它，让头脑能够清楚地了解它。

如果我问自己，根据什么来判断这一问题比另一个问题更迫切，我会回答说，根据它所引起的行动。我从来没有见到什么人为了证明本体论而死亡。伽利略[1]掌握了重要的科学真理，但当这种真理危及他的生命时，他就轻易地放弃了。从某种意义上来说，他做得对。那种真实不值得他被人烧死。不过，我发现许多人死去，是因为他们认为，生命不值得体验。我认为生存的意义是最迫切的问题。怎么回答这个问题呢？在所有的重大问题中，我打算从有可能致人死亡或激起生存欲望的问题着手，也许只有两种思维办法，一种是拉帕利斯[2]式的，另一种是堂·吉诃德式的。明显的事实加上抒情的表达，才能同时触动我们的情感、洞开我们的大脑。因此，对于一个如此普通、如此悲怆的主题，可以设想，博学而古典的辩证法应该让位于更加谦卑的态度，这种态度既出于常理也出于同情。

自杀这种行为是在心中默默地酝酿的，就像在构思一部

---

①伽利略·伽利雷（1564—1642）：意大利天文学家、物理学家和工程师，被誉为“现代科学之父”。——译注

②拉帕利斯（1470—1525）：法兰西元帅，多次在重大战役中立功。——译注

巨著，本人并不知道。一天晚上，他开枪或者投水了。办公楼的某经理自杀了，有一天，人们告诉我，他五年前失去了女儿，从那时起，他整个人就完全变了，那件事“蛀坏了他”。没有比这更准确的说法了。从思考开始，就是从被蛀开始。在这类事情的开端，社会跟他没有太大的关系。蛀虫在人的心里！必须到心里去找才对。这种死亡游戏让人从清醒地面对生活，变成逃离光明。必须研究它，理解它。

引起危机的理由几乎永远也无法控制。报纸上常说“内在的忧伤”或是“绝症”。这些解释是有效的，但必须知道，当天是否有朋友对那个感到绝望的人说话时口气冷漠。如果有，那个朋友是有罪的，因为这足以加速绝望者尚处于停滞状态的怨恨和疲态。

但很难确定他究竟在何时，又是采取什么微妙的步骤来以死相搏。根据他本人的举止得出他引起的后果，这样更容易一些。自杀，从某种意义上来说，就是承认，就像在情节剧中一样，就是承认自己被生活超越了，或者是对生活不理解。然而，我们不能夸大这种相似性，还是回到日常用语上来吧！只是承认这样做“用不着”。当然，活着，从来就不那么容易。人们继续做生活所要求的事，理由有很多，但首要的理由是习惯。自愿死亡，意味着承认这种习惯的可笑特点，承认缺乏活着的深刻理由，承认日常活动的疯狂特征和徒然的痛苦，哪怕这种承认是出自本能。

这种难以估量的感情让精神失去了生命所必需的睡眠，这究竟是什么东西？一个世界如果用蹩脚的理由也能解释，那是一个熟悉的世界。但是相反，在一个突然缺乏幻想和光芒的世界中，人会觉得自己是异乡人。这种流放是不可救药的。人与自己生命、演员与他的背景的这种分离，正是荒诞的感情。所有想过自杀的人都会承认，不需要更多的解释：这种感情和对虚无的渴望，二者之间有某种联系。

原则上，我们可以说，对一个不会作假的人而言，他相信的真理应该决定他的行动。所以说，生存是荒诞的，这种信念会决定他的行为。一种合理的好奇心是让人清楚地而不是假装悲怆地自问，这种结果是否要求人们尽快地摆脱某种难以理解的生存条件？ 当然，我这里说的是能够与自身达成和解的人。

如果用清晰明白的词语来问，这个问题可能会显得简单却又难以解决。但认为简单的问题会带来同样简单的回答，而事实往往昭然若揭，这种观点是不对的。首先，如果颠倒问题的先决条件，不管是不是自杀，好像只有两种哲学解决办法，一种说是，一种说不是，这未免想得太美了。还应该考虑到那些不作定论、只知询问的人。这种人占大多数，我这样说并不是开玩笑。我也看见，那些说“不”的人，做起事来跟说“是”的人没有区别。事实上，如果按照尼采的标准，他们都在说“是”，只是方式不同而已。这些矛盾是持久的。我们甚至可以说，在这一点上，矛盾从来没有这么突出过，而此处又多么渴望逻辑。把哲学理论与其倡导者的行为进行比较，这是老一套了。但应该说，在不承认生命有意义的思想家中——除了基里洛夫[1]，他是文学作品中的人物；佩雷格里诺斯[2]，传奇中的人物[3]；儒尔·勒基埃[4]，假设中的人物——没有一个人认为拒绝生命是符合逻辑的。为了取笑，人们常常以叔本华为例，说他面对满座的美味佳肴颂扬自杀。这完全不是开玩笑的素材。不把悲剧当一回事，这并不那么严重，但它最后却能对一个人作出判断。

在对生命的热爱中，有种东西比世界上的任何不幸都强大。肉体的判断比精神的判断更有价值，面对死亡，肉体会退却。在形成思维的习惯之前，我们已经养成活着的习惯。在短暂的生命过程中，我们每天都在向死亡迈进一小步，肉体相对精神而言不可避免地走在前面。总之，这一

---

①基里洛夫：俄国作家陀思妥耶夫斯基的长篇小说《群魔》中的哲学家。——译注

②佩雷格里诺斯：古希腊犬儒派哲学家，165年在奥林匹克运动会上自焚。——译注

③我听说过有个追随佩雷格里诺斯的人，是战后的一个作家。为了让公众注意他的作品，他写完处女作之后就自杀了。公众的注意力确实被他吸引了，但他的那本书却被认为写得很差。——原注

④儒尔·勒基埃（1814—1862）：法国哲学家，在海上游泳时失踪。——译注

矛盾的本质，就是我称之为“躲闪”的东西，因为它比帕斯卡尔所说的“移离”多了一点也少了一点。死亡的躲闪就是这部论著的第三个主题，即希望。希望有另一种“值得过”的生活，或者像有的人那样，自欺欺人，他们不是为了生活本身而活着，而是为了超越某种伟大的理想。那种崇高的理想给了生命以意义，但也背叛了生命。

所以，一切都在火上浇油，想弄乱这副牌。在此之前，我们还在玩弄文字游戏，假装相信，生命没有意义必然让人声称生命没必要去体验。这样做并不是徒劳的。其实，在这两种判断之间，根本就没有硬性的标准。只要不让自己因前面提到过的混淆、分离和矛盾而迷途。必须拨开一切纷扰，直奔真正的问题。某种“客观的”精神总能在所有问题上引入差异、矛盾和心理学，但在这种研究和激情中，它们没有位置。这里只需一种不公正的思想，即逻辑。这不容易。处处都符合逻辑，几乎是不可能的。死于自己双手的人，直到最后一刻都会沿着自己的感情斜坡前行。是否有一种直到死都管用的逻辑？只有在明显事实的唯一光亮中，心平气和地继续推理，我才能知道。我在此指出其来源的这种推理，就是我所谓的荒诞推理。许多人已经开始推理，我还不知道他们是否能坚持下去。

卡尔·雅斯贝斯[1]指出，建立世界的统一体是不可能的，他说："这种限制让我走向自身，在那里，我不再躲在我一心想表现的客观的观点背后；无论是自己还是别人的生存都不再成为我的客体。"继许多人之后，他揭示了这些荒凉而干旱的地方，思想在那里到了自己的极限。在许多人之后，也许是的，但又有多少人急着从那里出来！在这最后的转折点，思想动摇了，但许多人到达了，其中包括最低微的人。那些人放弃了自己最宝贵的东西，也就是他们的生命。另一些人也放弃了，其中包括一些思想精英，但他们是在最剧烈的反抗中，以精神自杀的方式放弃的。真正的努力，是反其道而行之，只要有此可能；并且仔细观察这些边远地区的奇异植物。在这种非人的游戏中，荒诞、希望与失望互念

①卡尔·雅斯贝斯（1883—1969）：德国哲学家，主要著作有《历史的起源与目标》《时代的精神状况》等。——译注

台词，执着与洞察力是它们的幸运观众。这种既简单又微妙的舞蹈，精神可以先分析其形象，然后才对这些形象进行阐明和重现。

荒诞之墙

如同伟大的作品，深刻的情感总是深藏不露，不轻易溢于言表。心灵的持久活动或厌恶往往表现在行为习惯或思维习惯上，在心灵本身并不知悉的结果中延续。伟大的感情总是携带着自己的世界畅游，不管这个世界是辉煌还是悲惨。它们用自己的激情照亮了一个排他的世界，在那里找到了适合自己的气候。有妒忌的世界、野心的世界、自私的世界或者是宽宏的世界。一个世界，就是一种形而上学或是精神态度。已经专业化的感情含有真实的成分，但不确定的初始感情要真实得多，因为它跟美给我们带来的激情或荒诞引起的激情一样，既混乱又“确定”，既遥远又“伸手可及”。

无论在哪个街角，荒诞感都会扑面而来。就是这个样子，这种赤裸裸让人受不了，它抓不住摸不着。这种难处本身就值得思考。某个人我们可能永远都对他感到很陌生，他身上永远有些东西我们无法理解。事实上，我认识一些人，我根据他们的行为和他们做事的整体方式，根据他们经过时给生活造成的后果就可以辨认出他们。同样，所有这些非理性的感情，分析无从入手，我却能定义它们，鉴赏它们，把它们的所有结果都归聚到智力范畴，抓住并记录它们所有的面孔，勾勒出它们的世界。当然，一个演员，哪怕我看过他一百次演出，我也不会因此而更多地认识他本人。然而，如果我把他演过的全部角色都归拢起来，如果说记录了他演的第一百个角色之后，我对他的认识加深了，人们会觉得我言之有理。因为这种表面上的悖论也是一种寓言，它告诉人们，可以根据自己的表演，也可以根据自己真诚的冲动来定义自己。放低声调，也属于这种情况。有些情感，心无法理解，却能因其激发的行为和假设的精神态度部分地暴露出来。人们可以清楚地感觉到，我就是这样确立某种方法的。

但人们也可以感觉到，这是一种分析方法而不是认知方法。因为方法涉及形而上学，会在不知不觉中暴露自己有时声称还不了解的结论。所以，一本书的最后几页内容其实已经包含在最初几页。这个结是无法避免的。这里所确立的办法宣扬这样的感觉：真相不可能完全认识，只有表象可以计数，只有气氛可以感觉。

这种难以捕捉的荒诞感，我们也许可以在不同的但是友好的世界感受它：知识的世界，生活艺术的世界，或简单地说，艺术的世界。荒诞的氛围一开始就有，最后，是荒诞的世界和这种精神态度，后者用自己固有的光芒照亮这个世界，并懂得从自身认出那张拥有特权的冷酷无情的脸，以便让它大放异彩。

*

所有英雄壮举和伟大的思想起初都微不足道。伟大的作品也往往出自街角或是饭店的小门厅。荒诞也是如此。荒诞世界比别的世界更容易从卑贱的出身获得高贵的身份。在某种情况下，如果问某人对自己的思想本质怎么看，如果他回答说“没有任何想法”，人们会认为他做作。被人爱戴的人深知这一点。但如果这一回答是真实的，如果它表现出这种奇特的心态——虚无显得雄辩，日常行为的链条被折断，心灵徒劳地想重新接上这一环——它就会被当作荒诞的首要迹象。

有时，背景轰然倒塌。起床，坐电车，在办公室或工厂里干四小时活，午餐，然后坐电车，再干四小时的活，晚餐，睡觉，星期一、星期二、星期三、星期四、星期五、星期六都踏着同样的节奏。在大部分时间里，这条路走得很轻松。不过有一天，出现了“为什么”这个问题。在这种带有惊讶色彩的厌倦当中，一切都开始了。“开始”，这很重要。厌倦是某种机械生活的终结，同时也是意识活动的开始。它唤醒了意识，造成了后续结果，那就是不知不觉地回到链条中去，或者是彻底醒悟。厌倦本身有些东西让人恶心。在此，我应该断然地说它是一件好东西。因为一切都由意识开始，而进入意识的东西最为宝贵。这种看法并无独特之处，但十分明显：暂时一用就足够了，比如，用来大致了解荒诞的起源。简单普通的“忧虑”成了一切的起源。

同样，如果生活中没有光芒，时间每天都会携着我们走。但将来有一天，会轮到我们携着时间走。我们生活在未来：“明天”，“以后”，“当你有出息的时候”，“等你大了你就会懂的”，这些不讲逻辑的话值得赞赏，因为终于涉及死亡了。然而有一天，人们发现或者说自己三十岁了。他这样说，是强调自己年轻，但同时也把自己定位在时间当中了。他在时间中就了位，并承认自己处于某段曲线的时间点，他得走完这条曲线。他属于时间，当恐惧突然抓住他时，他才发现那就是自己最大的敌人。明天，他的希望在明天，而他身上的一切都应该在拒绝明天。这种肉体的反抗，就是荒诞[①]。

低一个层次，就是奇特性：发现世界“很厚”，瞥见

---

①但这并非荒诞的本义。这里不是下定义，而是“列数”可能包含荒诞的情感。列数结束，却并没有穷尽荒诞。——原注

石头是多么奇特，大自然强大得无法战胜，风景可以无视我们。在这片美丽当中，有些缺乏人性的东西，这些山岭、温柔的天空、如画的树木，瞬间失去了我们给它们蒙上的幻想意义，从此显得比失去的天堂更远。原始世界的敌意，穿过数千年的岁月，重新向我们袭来。一时间，我们再也搞不懂这个世界了，因为几个世纪以来，我们只认识我们事先赋予它的面孔和形象，此后，我们已经没有力气使用这种技巧。我们无法再理解世界，因为它又恢复了原样。习惯把自己遮掩起来的背景又恢复了它们的本来面目，远离了我们。同样，有的时候，我们熟悉的一个女人，已经爱了几个月或几年的一个女人，变成了一个陌生人，我们也许渴望突然让我们感到如此孤独的东西，但时间未到。只有一件事情可以肯定：世界的这种厚重性和奇特性就是荒诞。

人也会散发出非人的东西。在某些清醒的时刻，他们机械的动作和没有意义的手势，让周围的一切都显得荒诞。一个男人在玻璃亭里打电话，人们听不到他在说什么，但看到他不知何意的手势，人们不禁会想，他为什么活着？面对人类本身的这种非人的东西感到不适，面对我们自己的形象而感到无尽地堕落，是当今某作者所谓的“恶心”，[①]这些都属于荒诞。同样，有时在镜中向我们迎面走来的那个陌生人，我们在自己的相册里重新见到的那个熟悉而让人不安的兄弟，也是荒诞。

我终于要谈到死亡和我们对死亡的感受了。在这个问题上，远离忧伤才是得体的。然而，大家都活着，好像谁都“不知道”死亡是怎么回事。对此，人们毫不惊讶。因为，说实在的，谁都没有死亡的经验。确切地说，大家只是在体验自己生活过和意识到的事情。在此，不妨谈谈别人的死亡经验。这是一种替代品，一种思想观点，我们并不太相信它，那种忧伤的协定不可能有什么说服力。事实上，恐惧来自这一事件中的数学因素。如果说时间让我们感到害怕，那是因为它一展现，答案就随之而来。所有关于灵魂的精彩演

①指萨特，萨特曾写过小说《恶心》。——译注

说，至少在一段时间内，都将接受其对立面的九验法[1]。一具没有生命力的身体，耳光打上去不留痕迹，因为灵魂消失了。这种历险具有决定性的基本面，成了荒诞感情的内容。在命运致命的光亮下，无用感产生了。面对左右我们生存状况的血腥的数学，任何道德和努力都无法先验地证明自己是正确的。

这一切，一而再，再而三地被提起。我在此只作简单地分类，指出这些显而易见的主题。它们贯穿在所有文学和哲学中，成了日常生活中的谈资，没必要重新创造。但应该确认这些明显的事实，之后才能探讨重要的问题。让我感兴趣的，我还想重复的，并不一定是荒诞的发现，而是荒诞的结果。如果能确认这些事实，还要得出什么结论呢？到什么地步才能把一切尽收囊中？应该自愿死亡，还是天塌下来都心存希望？必须在智力层面进行迅速清点。

①九验法：数学术语，也叫“弃九法”，利用这种方法可以验算加、减计算的结果是否正确。这个原理是利用九整除的特征和余数特征以及余数的性质。——译注

*

精神活动的第一步是弄清什么是真什么是假。然而，思想一旦开始反省，它首先发现的便是一个矛盾。在这里，想让自己舌战群儒是徒劳的。几百年来，没有人比亚里士多德的阐述更清楚了：

> 这些观点，后果往往都很可笑，不攻自破。因为确认一切都是真的，必然肯定对立面确认的东西也是真的，因而也确认了我们自己的论点是假的（因为肯定相反的论断，就不允许我们这个论点是真的）。如果说，一切都是错的，这种论断本身也是错误的；如果说，只有与我们的观点相反的观点是错误的，或者说只有我们的观点是正确的，我们就会发现，我们不得不承认无数对或错的判断。因为谁作出正确的论断，谁同时也宣称

这种论断是真理。以此类推，以至无穷。[①]

这还只是一系列恶性循环中的一环。在这个恶性循环里，思想一反省，就会迷失在令人眩晕的旋涡中。这些悖论很简单，但就是这种简单，让它们显得难以抗拒。不管是什么文字游戏，也不管是什么逻辑杂技，理解首先意味着统一。精神的深层欲望甚至在演变最明显的活动中，也如人类面对自身的宇宙，会失去判断力：它要求亲密，希望光明。对人类来说，了解这个世界，就是让它具有人性，盖上自己的印记。猫的世界不是食蚁兽的世界。“任何思想都会打上人格的烙印”，这道理大家都明白。同样，精神试图了解现实，只有把现实压缩成思想术语，它才会满足。如果承认世界本身也有爱，也会痛苦，人才会心平气和。如果思想能在现象的幻境中看到一些永恒的联系，它们既能概括这种现象，也能把自己概括成唯一的原则，我们就可以说这是

①语出亚里士多德《形而上学》第四卷第八章。——译注

精神之幸，而幸运者的神话只不过是一种可笑的赝品。对统一性的怀念，对绝对的渴望，反映了人类悲剧的基本运动。但如果说怀念是一种事实，这并不意味着必须立即满足它。因为，假如我们越过欲望与攫取之间的鸿沟，跟巴门尼德[①]一道，肯定“一”的现实（不管是什么形式的“一”），我们就会陷入可笑的精神矛盾之中。这种精神肯定了绝对的统一，并通过这种肯定证明自己的不同，声称能解决分歧。这是另一个恶性循环，足以将我们的希望窒息。

这仍然是明显的事实。我再次重申，这些事实本身并不吸引人，但我们可以从它们的结论中得到乐趣。我知道另一个明显的事实，它告诉我，人是肯定会死亡的。然而，从中得出极端结论的人屈指可数。在本书中，必须区分我们自以为知道的东西和我们确实知道的东西，区分真正的接受和假装的无知，把它们之间的差距当作永恒的参照。假装的无知会让我们在生活中抱有某些想法，这些想法，如果我们真正

①巴门尼德（约公元前515—约前440）：古希腊哲学家。——译注

去实现它们，便会颠覆我们的一生。面对这种厘不清的精神矛盾，我们将彻底把握我们与自身创作之间的分离。只要精神在自己希望的静止世界中保持沉默，一切都会在精神怀念的统一体中得到反映并被安排得井井有条。但只要动一动，这个世界就会分崩离析，无数耀眼的碎片展现在认知面前。永远别想重建它熟悉而平静、给我们的心灵以和平的表象。经过这么多个世纪的探寻，那么多思想家放弃了探讨，我们终于明白，就我们的所有认知而言，这一点是千真万确的。除了专业的唯理论者，我们今天已经对真正的认知失望了。如果只写一部有意义的人类思想史，那就写它持续不断的后悔史和无能史。

关于谁，关于什么，我能说："我认识？"我的心，我能感受到，我能判断它确实存在。这个世界我能触碰到，我仍然能判断它的存在。但我的所有学问仅限于此，其余的全都是建造出来的。因为，我保证确实存在的这个"我"，如果我试图抓住它、确定它、概述它，它就成了我指缝中的水，会流光的。我可以一一画出它所展现出来的脸，也能画出人们赋予它的各种面貌：教育、出身、热情、沉默、伟大或卑贱，但人脸不能叠加。这颗心虽然是我的，但我永远无法确定它。我确定自己的存在，并且努力让这种确定有实际内容，但这二者之间的鸿沟永远无法填平。我永远是自身的陌生人。在心理学中如同在逻辑学中一样，存在一些真理，又毫无真理。苏格拉底所说的“认识你自己”与我们忏悔时所说的“做有道德之人”具有同样的价值，二者同时流露出怀念和无知。这是用重大的主题做无聊的游戏，而这种游戏只有尽量接近事实才说得过去。

再比如树木，我熟悉它们粗糙的树皮，知道树里有水分，能闻到它的味道。在某些让人心情放松的夜晚，我怎么能否认这个世界呢，既然我能感觉到它的威力和力量？然而，这个世界的全部科学都不能让我确信这个世界属于我。你们向我描述它，教我给它分类；你们一一列数它的规律，我在渴望知识的过程中，承认这些规律是真实的；你们剖析了它的运行机制，我的希望大大增加了。最后，你们却告诉我，这个神奇美丽的世界化为原子了，而原子又化成了电子。所有这些都很好，我等着你们继续。但你们却跟我说起一个看不见的星系，在那里，电子围绕着一个核心在转动。你们用一个形象向我解释这个世界。我承认你们到达了诗歌的境界，那是我一无所知的。我来得及对此生气吗？你们已经改变了理论，结果，这门应该教我一切的科学，最后成了一个假设，清醒葬身于比喻当中，不确定性最后成了艺术作品。我需要花那么多力气吗？这些山峦起伏和缓，夜晚的手捂着这颗跳动的心，它们能教我的更多。我回到了起点，发现即使我能根据科学抓住这些现象，并且把它们列数出来，我还是不能理解这个世界。我能用手指完全跟随其起伏，但也仅此而已。你们让我在这描述与假设之间进行选择：描述的东西很肯定，但什么都不能教我；假设声称能教我，但丝毫不能确定。我对自己和对这个世界都感到陌生，作为唯一的拯救，便是用某种想法来武装自己。这种想法一旦确定，就会立即否定自己。我只有拒绝懂得、拒绝生活才能得到和平，对征服的渴望到处碰壁，进攻屡遭挫败，这是什么状况啊？有追求，必然挑起悖论；一切都被安排得井井有条，这种有毒的和平就会诞生，它是无忧无虑、心灵睡眠或是必然的放弃所带来的。

智慧也以自己的方式告诉我，这个世界是荒诞的。其对立面，即盲目的理智，徒劳地声称一切都是清楚明白的。我在等待证据，希望它说得对。然而，尽管过去了那么多自以为是的世纪，又诞生了那么多具有说服力的雄辩家，我仍然知道这都是假的。至少，在这个方面没有幸运者，除非我孤陋寡闻。这种普遍、实用和道德的理性，这种决定论，这些说明一切的范畴，着实让诚实者发笑。它跟精神没有任何关系，而且否认精神遭束缚的真知灼见。在这个无法分辨的、有限的世界上，人的命运从此有了意义。一群非理性的人冒了出来，对这种意义群而攻之，直到把它消灭。荒诞感恢复了洞察力，同心协力，变得清晰而准确了。我曾说，世界是荒诞的。我操之过急了，这个世界本身就是非理性的，关于它，我们能说的就是这一点。不过，荒诞的是，非理性与这种事事都要弄个明白的愿望是有冲突的。对这种愿望的呼唤回响在人们的内心深处。荒诞既取决于人，也取决于这个世界。现在，荒诞是人与世界之间唯一的纽带，它把他们捆绑在一起，就像只有仇恨能把人类紧紧地捆在一起。这就是我在这个世界上所能辨别清楚的一切，世界虽然无度，但我的历险照样继续。让我们就此打住吧！这种荒诞支配着我与生命的关系，如果我把它当作真实的；如果我面对这个世界的景象产生这种感情，对科学的研究迫使我具备这种洞察力，我就必须为这种确信牺牲一切，我就得正视它们，维持现状。我尤其应该以它们为榜样，无论结果如何都追随它们。我在这里讨论的是诚实问题，可我也想知道思想在这些沙漠中是否能够存活。

我已经知道，这种思想至少已经进入沙漠，在那里找到了面包。它明白了，在这之前，它一直以幻想果腹。它给人类思考的某些最迫切的问题提供了前提条件。

荒诞从它被承认的那一刻起，就成了最撕心裂肺的激情。但要知道，人们是否能靠自己的激情生活，是否能接受其深层的规则，即它在激动人心的同时也能烧灼人心，这是全部问题所在。然而，这还不是我们要谈的规则，它处于这种经验的中心，到时候会再谈论它的。现在不如承认诞生自沙漠的这些主题和冲动。列举它们就够了，它们今天也已被大家所熟知。永远都有人在保护非理性的权利，这种传统从来就没有死亡，我们可以把它叫作“被侮辱的思想”。对理性主义的批评已经进行了那么多次，现在似乎已经没话可说。然而，我们这个时代重新出现了这个矛盾体系，它巧妙地让理性步履蹒跚，好像理性真的一直带头走在前面。但这丝毫不能证明理性是多么有效，希望是多么强烈。就历史层面而言，这两种态度长期并存，反映了人们的主要热情在二者之间撕裂：呼唤统一性，清醒地认识到自己四周的高墙。

也许历史上从来没有一个时期像现在这样，对理性进行如此猛烈的攻击。自从查拉斯图特拉[①]大声疾呼：“这恰好是世界上最古老的高贵。当我说，任何永恒的意志都不想高踞于万物之上的时候，我就把它还给了万物。”自从患了

①查拉斯图特拉（公元前628—前551）：即琐罗亚斯德，琐罗亚斯德教创始人，波斯宗教改革家。——译注

绝症的克尔凯郭尔[1]说，“这种病导致死亡，死亡之后，再无他物”，关于荒诞思想，重要而折磨人的主题接连不断。至少这种微妙的差异至关重要，非理性思想和宗教思想的差异也是如此。从雅斯贝斯到黑格尔，从克尔凯郭尔到舍斯托夫[2]，从现象学家到舍勒[3]，无论是在逻辑方面还是在道德方面，所有的思想派别都是一家，因乡愁而亲近，因方式或目的不同而反目，奋勇地堵住理性的皇家大道，重新找到真理的康庄大道。我在此假设，这些思想都已被人们熟知和体验。不管先辈现在或过去有多大雄心，他们都来自这个无法形容的宇宙，而统治这个世界的，是矛盾、悖论、忧虑或是无能。他们的共同之处，恰恰就是我们之前所揭示的主题。应该说，对他们来说也同样或最为重要的，是他们可以

①索伦·克尔凯郭尔（1813—1855）：丹麦宗教哲学心理学家、诗人，现代存在主义哲学的先驱，后现代主义的先驱。——译注

②列夫·舍斯托夫（1866—1938）：俄罗斯著名思想家、哲学家，胡塞尔高足，德国现象学派最受瞩目的哲学家之一。——译注

③马克斯·费迪南德·舍勒（1874—1928）：德国哲学家，哲学人类学、知识社会学的主要代表，其价值伦理学被看作自亚里士多德德行伦理学、康德义务伦理学以来伦理学发展的第三阶段。——译注

从这种发现中得出结论。这一点非常重要，必须单独进行研究，但在眼下，还只涉及他们的发现和初始经验，重要的是弄清他们是否一致。如果说，想研究他们的哲学似乎有点不自量力，感受他们共同的气氛是有可能的，总之是足够的。

海德格尔冷冷地考察了人类的生存条件，宣称这种生存受到了侮辱。唯一的现实，是生命各阶段都普遍产生了“忧虑”。对于迷失在世界及其娱乐当中的人来说，这种忧虑是一种转瞬即逝的恐惧。当这种恐惧意识到了自身，它就成了忧虑，即清醒者永恒的生活环境，而“生存就处于这种生活环境当中”。这位哲学教授用世界上最抽象的语言平静地写道：“人类的生存有尽头有限度，这一特征比人类本身更重要。”他对康德感兴趣，但那是为了承认“纯理性”的局限性，以便对自己的最后分析下结论：“世界再也不能给忧虑者提供任何东西。”他觉得这种忧虑其实大大超越了推理的范畴，老想着自己，只谈论自己。他列数了忧虑的面孔：当普通人想与它平起平坐，想使它窒息时，是烦恼的面孔；当智者思考死亡的时候，是恐惧的面孔。他本人也不想把意识与荒诞分开。意识到死亡，就是忧虑在呼唤，“那时，生存会通过意识，发出自己的呼唤”。它是忧虑的声音本身，恳求生存“迷途知返，从毁灭回到芸芸众生”。对他来说，同样也不能睡大觉，而是要守护到最后。他守在这个荒诞的世界里，强调其可毁性，在废墟中寻找自己的道路。

雅斯贝斯对本体论完全失望了，因为他希望我们失去“天真”，知道我们无论如何也无法让外表这一致命游戏升华，知道精神的归宿就是失败。他慢慢地进行历史赋予我们的精神历险，无情地揭示每个体系的缺陷，揭穿拯救一切的幻想和赤裸裸的说教。这个惨遭荒废的世界，什么都不可能认识，虚无似乎是唯一的现实，是无可救药的失望和唯一的态度，他试图重新找到通往神圣玄秘的阿里阿德涅之线[①]。

舍斯托夫则用一部单调得令人赞叹的作品，马不停蹄地奔向同样的真相。他不断地指出，最缜密的体系，最广泛的理性主义，最后终将撞上人类思想的非理性这一高墙。任

①阿里阿德涅之线：源自古希腊神话，比喻走出迷宫的方法和路径，解决复杂问题的线索。——译注

何讽刺性的明显道理，任何贬低理性的可笑矛盾，都逃不过他的眼睛。他只对一件事感兴趣，那就是例外，不管是心灵史上还是精神史上的例外。透过陀思妥耶夫斯基式的死囚经验，尼采式过激的精神历险，哈姆雷特式的诅咒，或某个叫易卜生的人的苦涩的贵族生活，他发现和阐明了人类反对这个无法挽救的世界的斗争，并使之光彩夺目。他拒绝把自己的道理归于理性，只在这个毫无色彩的荒漠中坚定地迈步。在那里，一切肯定的东西都变成了石头。

在所有人当中，克尔凯郭尔也许是最讨喜的，至少是在他人生中的某个阶段。他比发现荒诞更进一步，因为他亲身体验了它。他写道："最可靠的沉默不是缄默，而是开口。"他一开始就信誓旦旦地说，任何真理都不是绝对的，它让本身就惨不忍睹的人生难以令人满意。克尔凯郭尔这个无所不知的唐璜，变换笔名，制造矛盾，他写了《布道词》，也写了《诱惑者日记》这本犬儒主义唯灵论的教科书。他拒绝安慰、道德和休息原则，感到心中有刺，但绝不会减轻它的痛苦，相反，他要唤醒那种痛苦。他甘当十字架上的受难者，在绝望的快乐中，用清醒、拒绝和演出，一一建造某种魔鬼附身的东西。这张既温柔又在冷笑的脸，这些突然改变的主意，伴随着从内心深处发出的一声大叫，就是荒诞精神本身，它要与超越它的现实搏斗。这种精神历险，促使克尔凯郭尔制造了代价高昂的丑闻，也在一片混乱中开始了。这种体验缺乏自身背景，回到了最初的不和谐状态。

在另一个完全不同的层面——方法层面，胡塞尔和现象学家们甚至通过极端的方式，在复杂多变中重建世界，否定理性。在他们的努力下，精神世界大大地得到了丰富。玫瑰花瓣、公里里程碑或是人的手都变得跟爱情、欲望和万有引力定律一样重要。思考，不再意味着统一，也不是以大原则的面孔让表象为人熟悉。思考，是重新学会观察，学会专注，学会支配自己的意识，是以普鲁斯特的方式，把每种意念和形象都变成一个幸福之地。一切皆有特权，这就不正常了。证明思想对不对，要看意识是否极端。为了比克尔凯郭尔和舍斯托夫更客观，胡塞尔主义者的方式，起初是否定理性的古典方式，让人失去希望，打开直觉与心灵的大门，迎接泛滥成灾的现象，那种繁杂显得有些不合人性。这些道路要么通往所有的科学，要么是死路一条。这里所说的方法比目的重要，问题只在于“认识的态度”，而不是安慰。重复一遍，至少开始的时候是这样。

怎么能感觉不到这些智者深刻的亲缘关系呢？怎么能看不见他们结集在一个无望而苦涩的特权之地周围呢？我希望一切能解释清楚，要么就什么都别解释。面对心灵的呐喊，理性无能为力。被这种要求所唤醒的精神在寻找，但只找到矛盾和非理性。我不明白的东西就是没有道理的，世界上充满了这种非理性的人。这种独一无二的意义只属于他一个人，我无法理解，这个世界不过是一个非理性的广阔天地。只要说一次“这很清楚”，一切都将得到拯救。但那些人抢着说，没有任何东西是清楚的，一切都处于混沌之中，人只能保持自己的洞察力，只能清楚地认识禁锢自己的四壁。

所有这些经验都是一致的，相辅相成。精神到了边缘就应该作出判断，选择自己的结论。但我想颠倒探索的顺序，从精神冒险开始，最后再回到日常行为上来。这里提到的经验，诞生于他绝不该离开的沙漠。我们至少应该知道，这些经验最后到了什么地步。人努力到那种程度，就撞上了非理性，感到自己渴望幸福和理性。人性的呼唤和世界非理性的沉默发生了冲突，由此诞生了荒诞。这一点不该忘记，应该死死抓住不放，因为人的一生，所有的结果可能都诞生于此。非理性、人类的怀念以及它们迎面相撞而诞生的荒诞，这是悲剧的三大人物。这一悲剧必须与逻辑一道收场，只有这样，逻辑的存在才成为可能。

荒诞的逻辑

荒诞感并非就是“荒诞”这个概念本身，它是这个概念的基础，无非就是一个起点，不能归纳荒诞的内容，充其量只是判断宇宙的短短一瞬。接下来，它还要走得更远。它是有生命的，也就是说，它必须死，或者影响得更加深远，所以才有我们汇集的一些题目。但在这方面也同样，让我感兴趣的，远非作品或思想。要对它们进行评论，就必须换个方式和场合。我感兴趣的，是在它们的结论中发现共同之处。也许，思想从来没有这么不同过。然而，在它们受到震撼的精神风景中，我们承认它们是相同的。同样，尽管学科如此不同，结束其行程的喊声却是一样的。人们清楚地感觉到，在刚刚提到的那些思想中，有一种共同的气氛。如果说这种气氛是致命的，那不啻在玩文字游戏。要在这令人窒息的天空下活着，就必须从那里走出来或者待在那里。在第一种情况下，问题在于知道如何走出来；在第二种情况下，问题在于为什么要待在那里。

我要先偏离一下正道。在这之前，我们可以从外部来限定荒诞。不过，人们可能会问自己，这种概念包含什么内容，并试图通过直接的分析，一方面找到其意义，另一方面找到它所带来的结果。

如果我控告一个无辜者犯了滔天大罪、断言一个道德高尚的人垂涎自己的妹妹，他会回答说这很荒诞。这种愤怒有其可笑的一面，但也有深刻的理由。有德行的人通过这种反驳，表明我认为他犯的罪与他毕生所遵守的原则之间存在着严重的二律背反。“这很荒诞”意味着“这是不可能的”，也意味着“这是矛盾的”。如果我看见一个男人用匕首去进攻一群机枪手，我会断定他的行为是荒诞的。这是因为，他的意图与他面临的现实不成比例，我能发现他的实际力量与他想实现的目标之间存在着矛盾。同样，一个判决，如果与事实表面所要求的判决相反，我们会认为它是荒诞的。而且，归谬法也证明是这样，其做法是用推理的结果与我们想建立的逻辑现实进行对比。在这些情况下，从最简单的到最复杂的，我所比较的项目之间的距离越大，荒诞性也就越强。有荒诞的婚姻、挑战、仇恨、沉默、战争以及和平，对它们当中的每一项来说，荒诞都诞生于比较。所以，我有理由说，荒诞感并非诞生于对事实或印象简单地考察，而是来自事实状态和某种现实的比较，来自某种行动和超越它的世界之间的比较。荒诞主要是一种离异，它并不存在于相比较的哪个元素当中，而是诞生于它们之间的冲突与对抗。

在理解力方面，我可以说，荒诞不在人身上（假如这类隐喻有意义的话），也不在世上，而是在它们的共同存在上，是它们之间目前的唯一联系。如果我仍停留在明显的事实上，我知道人想要什么，知道世界给他什么，现在我可以说，我还知道是什么把它们连接起来。我无须再深挖了。对探寻者来说，能确定这一点就足够了，只需挖出所有的结果。

直接的结果同时也是方式的准则。奇特的三位一体就是这样被揭示的，它与突然被发现的美洲大陆毫无关系。但在这一点上，它和经验的已知条件有共同之处，即它既很简单，又非常复杂。在这方面，它的第一个特点是它不能被划分。破坏它的某一个项，就是破坏它的全部。除了人的思想，没有任何东西是荒诞的。所以，荒诞最后会像万物一样以死而告终。离开了这个世界，荒诞也就不复存在了。根据这一基本规则，我判断“荒诞”这个概念是最重要的，可以列为我的第一真相。上面提到的行事规则在这里出现了。如果我判断一件事情是真的，我就应该保护它。如果我想给一个问题带来解决办法，我至少不能为了解决问题而跳过这个问题的某一项。对我来说，唯一的已知数是荒诞。我探索的第一个条件，其实也是唯一的条件，是保护哪怕是要伤害我的东西，所以要尊重我认为它身上重要的东西。我刚刚把它定义为一种冲突和一种不息的斗争。

把荒诞逻辑推向极端的时候，我必须承认，这种斗争意味着完全没有希望（这与绝望没有任何关系）、永远拒绝（不应该与放弃相混淆）和意识方面的不满足（不能把它与青少年的躁动不安相比较）。所有破坏、逃避或缩小这些要求（首先是同意破坏离异）的行为，都是在破坏荒诞，贬低人们可能提议的态度。荒诞只有在人们不赞同它的前提下才有意义。

*

有一个明显的事实似乎完全是精神上的，那就是人永远被真理所折磨。人一旦发现了真理，就离不开它了。应该付出一点代价的。一个人意识到了荒诞，就永远与它难分难解了。一个没有希望，并且意识到这种荒诞的人，就再也没有未来，这是符合规律的。但努力逃离自己创造的世界，这也是符合规律的。只有考虑到这一悖论，之前讨论的一切才有意义。有些人从理性主义的批评出发，承认荒诞气氛，推动了自己的结论。在这方面，现在来研究这些人的方法，没有比这更有教益了。

然而，由于坚持存在哲学，我发现，所有的哲学都毫无例外地劝我逃避。它们通过奇特的推理，从建立在理性废墟上的荒诞出发，在一个封闭的、限制人的世界里，神化了压垮自己的东西，在使他们变得赤贫的东西上找到了希望的理由。这种勉为其难的希望在大家身上都带有宗教的性质，值得驻足研究。

在此，我只以舍斯托夫和克尔凯郭尔特有的几个问题为例进行分析。但雅斯贝斯会向我们提供有关这种态度的一个典型例子，这个例子被推至讽刺漫画的程度。剩下的就变得更清楚了。他无法实现这种超越，也不能探索深度的经验，他意识到了这个宇宙已被失败所颠覆。我们听之任之。他将继续，还是至少先从这一失败中得出结论？他没有带来任何新的东西，他在这种经验中也没有找到任何东西，除了坦承自己无能；他也没有任何借口推导出什么让人满意的原则。然而，他不经证明便自说自话，一股脑儿同时肯定超越、经验的存在和生命的超人意义。他这样写道：“失败不是在告诉大家，超越了所有可能的解释和说明之后，它并非虚无，而是超验性的存在。”这种存在，通过人类信仰的盲目行为突然解释了一切，他把它定义为“普遍与特殊不可思议的结合”。于是，荒诞成了神（就该字的广义而言），无法理解，成了照亮一切的存在。根据逻辑，没有任何东西能得出这种理性。我可以把它叫作一种跳跃。矛盾的是，雅斯贝斯极其执着耐心地让这种超越无法实现，这并非不能理解。因为这种似是而非的东西越不可捉摸，这个定义就越徒劳，这种超越对他来说就越真实，因为他充满热情地肯定它。这种热情，跟解释能力与世界和经验的非理性之间的差距恰成正比。似乎雅斯贝斯有多激烈地摧毁理性的偏见，就有多极端地来解释这个世界。他是受侮辱的思想的使徒，将在极端的侮辱中找到什么东西，让它在自己的内心深处新生。

神秘的思想让我们对这些方式非常熟悉。这些方式和无论哪种精神态度一样都是合理的，但我眼下似乎对某个问题郑重其事。我不预判这种态度及其教诲能力的一般价值，只是想考察一下它是否能满足我提出来的条件，配得上让我感兴趣的冲突。所以，我又要谈舍斯托夫了。某评论家引用了他的一句话，值得我们注意：“唯一的真正出路，”他说，“就在人类的审判没有出路的地方。否则，我们还需要上帝干什么？为了得到不可能得到的东西，我们才皈依上帝。如果自己能得到，人本身就足够了。”如果存在一种舍斯托夫哲学，它绝对可以这样概括。因为舍斯托夫结束其热情洋溢的分析后，发现了一切存在的荒诞性，但他没有说，“这就是荒诞”，而是说，“这就是上帝：应该相信的是他，尽管他与我们所有的理性范畴都不匹配”。为了避免混淆，这个哲学家甚至巧妙地暗示，这个上帝也许爱记仇，可恨可气，难以理解，充满矛盾，但只要他的面孔是最丑陋的，他就能确保自己是最强大的。他的伟大之处，在于他不合逻辑；他的证据，就是他的非人性。应该纵身一跳，并通过这一跳，摆脱理性的幻想。所以，对舍斯托夫来说，接受荒诞是与荒诞本身同时存在的。确认荒诞就是接受它，他的思想所作出的所有符合逻辑的努力，就是把它暴露在光天化日之下，同时也让它带来的巨大希望喷薄而出。这再次表明，这种态度是合理的。但我在此坚持只考察一个问题及其后果，没必要探讨某种思想或某种信仰的行为有多悲怆，因为这些东西我有一辈子的时间来研究。我知道，理性主义者觉得舍斯托夫的态度让人恼火，可我也感到，舍斯托夫反理性主义是对的，我只想知道他是否忠于荒诞的戒律。

然而，如果说，我们承认荒诞是希望的对立面，我们也看到，对舍斯托夫来说，存在思想是以荒诞为前提的，讨论它是为了消除它。这种敏锐的思想正是杂耍艺人的动人把戏。另一方面，当舍斯托夫用他的荒诞来对抗流行的道德和理性时，他把这种荒诞叫作真相和赎罪。所以，从荒诞的根基和定义上来看，舍斯托夫是赞同荒诞的。如果人们承认，这种概念的所有威力在于它如何冲击我们基本的希望；如果人们感到，荒诞为了存在，要求别人不认同它，人们就能清楚地看到它失去了自己的真正面目，失去它相对的人性特征，进入了难以理解但令人满意的永恒。如果荒诞确实存在，那也是存在于人类的世界。它的这个概念一旦成为永恒的跳板，就摆脱了人类的清醒。荒诞不再是人们不赞同但确认其存在的明显事实。斗争被回避了，人被纳入了荒诞，并在这种融合中消灭了自身的主要特点，即对立、撕裂和分离。这种跳跃是一种回避。舍斯托夫非常愿意引用哈姆雷特的话“ The time is out of joint[①]”，他抱着惶恐的希望这样写道：但愿这句话是专门献给他的。因为哈姆雷特不是这样说的，莎士比亚也不是这样写的。非理性的陶醉和让人心醉神迷的使命，让荒诞转过身去，离开了一种敏锐的思想。对舍斯托夫来说，理性是徒劳的，但有一些超越理性的东西。对荒诞精神来说，理性是无用的，理性之外什么都没有。

这种跳跃起码能让我们更加明白荒诞的本质。我们知道，荒诞只有在平衡中才有价值，它首先存在于比较当中，而绝不是在相比的项中。但舍斯托夫恰恰让其中一个项承担了所有的重量，从而破坏了这种平衡。我们只有理解和解释许多事情，对理解的渴望和对绝对的怀念才能得到解释。完全否认理性是徒劳的，它有自己的范畴，在这种范畴中，它

①意为“时间脱节了”，引自《哈姆雷特》第一幕第五场。——译注

显得非常有效，而那正是人类经验的范畴。所以我们想把一切都弄清楚。如果我们做不到，如果荒诞趁机诞生，恰恰是因为这种有效但有限的理性和不断新生的非理性相遇了。但当舍斯托夫对这类黑格尔式的命题感到生气：“太阳系的运行遵循一成不变的法则，而这种法则就是它的理性。”[1]当他充满激情地想让斯宾诺莎的唯理主义解体时，他断定所有的理性都是虚荣的，然后又通过自然而不合理的反转，承认非理性的优越[2]。但这个过程并不明显，因为“有限”和“层面”这两个概念在此可能介入，自然法则可能在一定限度内有效，超过这个限度，它就可能掉过头来否定自己，从而造成荒诞。或者，它可以在描述方面合理化，但不会因而在解释方面就是真实的。在此，一切都为非理性而牺牲，对清晰的要求反而被埋没了，荒诞便随着与之比较的一个项消失了。荒诞者则恰恰相反，他不去做这种消除工作，而是承认斗争，但也不完全蔑视理性，而是接受非

①参见舍斯托夫《钥匙的权利》。——译注

②主要是指例外概念，针对亚里士多德。——原注

理性。他就这样扫视经验的所有先决条件，在了解情况之前很少会跳起来。他只知道，在这种专注的意识中，再也没有希望的位置。

在舍斯托夫的著作中明显的东西，在克尔凯郭尔的著作中也许更加明显。当然，要清晰确定一个如此不可捉摸的作者的命题是很困难的。但是，尽管有些作品表面上对立，但越过隐喻、文字游戏和嬉笑怒骂，他的整个创作还是能让人预感到某种真理（同时也有恐惧），这种真理在他最后的几部作品中终于亮相了：克尔凯郭尔也跳跃了。他小时候是那么害怕基督教，最后却回来投奔基督教最严峻的面孔。对他来说也同样，二律背反与矛盾成了信徒的标准。曾让人对生命的意义及其深邃感到失望的东西，现在给了他真理和光芒。基督教是丑闻，克尔凯郭尔唯一要求的，正是依纳爵·罗耀拉[1]所要求的第三种牺牲，即上帝最喜欢的牺牲：

①依纳爵·罗耀拉（1491—1556）：西班牙贵族，天主教耶稣会创始人，反对宗教改革，曾创办罗马学院和德国学院。——译注

“智力的牺牲”[①]。这种“跳跃”的效果非常奇怪，但不应该再让我们感到惊奇。他把荒诞当作别的世界的标准，而它不过是这个世界的经验残渣。克尔凯郭尔说：“信徒在自己的失败中找到了胜利。”

我无须探究这种态度与哪种动人的布道有关，我只是在想，荒诞景观及其自身特点是否能使这种态度合理化。在这一点上，我知道答案是否定的。重新审视荒诞的内容，我们能更好地理解启发克尔凯郭尔的那种方式。在世界的非理性和荒诞反叛的怀念之间，他不能维持平衡。他并不尊重这种关系，准确地说，正是这种关系造成了荒诞感。他确信自己无法避开非理性，所以希望至少能逃避这种失望的怀念，他觉得这种怀念既没有结果又没有意义。但如果说，他的判断在这一点上可能有道理，他作出否定时就不是这样了。如果他用狂热的参与来代替那声反抗的呐喊，这就引导他无视

①人们可能会想，我在这里忽略了最重要的问题，即信仰问题。但我不探讨克尔凯郭尔、舍斯托夫或是下面要提到的胡塞尔的哲学（那需要另一个场合和另一种思想态度），我只向他们借一个话题，看看这个话题的结论是否符合已经确定的规则。这里只是一个顽念。——原注

荒诞了，而在这之前，荒诞一直照亮了他，让他之后唯一确定的东西——非理性，变得神圣不可侵犯。加里亚尼神父[1]曾对埃皮内夫人说，重要的不是痊愈，而是与病痛一同活下去。但克尔凯郭尔想痊愈。痊愈是他狂热的愿望，这一点贯穿了他的全部日记。他集中智慧作出的所有努力，就是为了躲避人类生存条件的二律背反。 当他在光亮中发现其中的虚荣，这种努力就更让他绝望了。比如，当他谈起自己时，无论是对上帝的恐惧还是虔诚，好像都无法给他心里带来平和。于是，他以一个备受折磨的借口，把这张面孔给了非理性，给了他的上帝一些用来形容荒诞的词：不公正、不合逻辑、不可理喻。只有他身上的智慧在努力压制人心的深切要求。既然什么都得不到证明，那就一切都能证明了。

克尔凯郭尔向我们透露了他走过的路。我在此丝毫不想暗示， 但怎能不在他的作品中读到，当人们纷纷攻击荒诞时，灵魂几乎是自愿伤残的迹象？这是《日记》中重复出现

①加里亚尼神父（1728—1787）：意大利外交家、经济学家和作家，曾与法国贵妇德·埃皮内夫人（1726—1783）书信往来密集。——译注

的主旋律："我所缺乏的，正是兽性，它也是人性的组成部分……不过，总得给我一具躯体吧？"后来他还写道："尤其是在我小时候，我多么想成为一个男子汉啊，哪怕只有六个月……其实，我所缺乏的，是一具身体和生存的肉体条件。"在别的书中，同是这个人，把希望的呐喊变成了自己的喊声，它穿过那么多个世纪，鼓励了那么多人，除了荒诞者。通过丑恶的东西达到的和解仍然是和解。人们看到，它能让人从自己的反面，即死亡当中汲取希望。但是，尽管同情让人倾向于这种态度，应该说，过度说明不了任何问题。有人说，超过了人的尺度，所以肯定是超人。但这个"所以"是多余的。在这里，根本就没有逻辑的确定性，也没有经验的可能性。我所能说的一切，就是它超出了我的尺度。如果我从中得不到否定的结论，我至少不想以不可理喻的东西为基础。我想知道我是否能与我所知道的东西，只和我所知道的东西共处。人们还对我说，智力在这里应该牺牲自己的傲慢，理性应该屈服。但是，如果说我承认理性有其局限，我并不会因此而否定它，而是承认它有相对的本领。我只想待在中间这条道路上，在那里，智力可以保持敏锐。如果说这就是它的傲慢之处，我觉得没有足够的理由摈弃它。没有什么比克尔凯郭尔的观点更深刻了，比如说，在他看来，失望不是一种事实，而是一种状态，是罪恶状态本身。

荒诞状态，指的是在荒诞中生活。我知道它建立在什么东西之上，这种精神和这个世界互相支撑，却无法相拥。我要求这种状态的生活规则，但人们给我的东西却否认它的基础，否定这痛苦的对立面的其中一项，并命令我放弃。我承认那是我的生存条件，想知道它会带来什么。我知道它意味着黑暗和愚昧，人们安慰我说，这种愚昧可以解释一切，这种夜就是我的光明。他们在此答非所问，这种让人激动的抒情无法对我隐瞒矛盾，所以应该转身离开。克尔凯郭尔可能会大声地发出警告："如果人没有永恒的意识，如果在万物深处，只有野蛮而沸腾的力量在创造万物，人生不是失望又是什么？"这种叫喊无法制止荒诞者。寻找真实的东西并不等于寻找所希望的东西。如果要躲避"人生是什么"这个令人烦恼的问题，那就应该像驴子一样吃幻想的玫瑰，而不是屈服于谎言，荒诞精神宁愿勇敢地接受克尔凯郭尔的回答：“失望”。如果深思熟虑，一个果敢的人永远能妥善处理一切。

*

思想就是通过这种运动来自我否定，并倾向于在造成这种否定的东西中超越自我。对存在论者来说，否定就是他们的上帝。跳跃有多种方式，重要的是要跳。对赎罪的否定，可能产生于（这是这种推理所针对的悖论）某种宗教灵感，也可能产生于理性的范畴。这些最终矛盾也是同样，并且还无视尚未越过的障碍。否定与矛盾都打算永远走向永恒，正因为如此，它们才决定跳跃。

还应该说，本书研究的理性，完全不顾我们这个文明世纪最流行的精神态度。这种态度是以这种原则为基础的：一切都是理性的，理性解释世上的一切。既然承认世界应该清清楚楚，那就必须清楚地表达观点，这甚至是符合逻辑的，但与我们在此研究的理性无关，其目的其实是弄清思想方式，因为人们从世界无意义这一哲学出发，最后却发现世界具有某种意义和深度。这些方式中最悲怆动人的是其宗教本质，这在非理性主题中得到了说明。但最反常、最意味深长的是，它认为最有理由存在的，恰恰是它起初想象没有主导原则的世界。总之，如果对这种刚刚获得的怀旧精神没什么主张的话，就不可能得出让我们感兴趣的结论。

我将只考察“意向”这一主题，它因胡塞尔和现象主义学家而流行。我之前曾提到过。首先，胡塞尔的方法否定理性的传统方法。让我们重复一遍，思考，不是一统化，不是让人熟悉戴着大原则面具的表象，而是重新学习观察，指导自己的意识，把每个形象变成一个幸福之地。换言之，现象学拒绝解释世界，只想描述经历过的生活。它一开始就确定没有什么真理，只有一些真相，所以它与荒诞思想一脉相承。从晚风到放在我肩上的这只手，每件东西都有自己的真理。意识关注事实，从而弄清事实。意识并不是自己所认知的对象，它只是认真凝视，是专注的行为，借用伯格森的一个形象的说法，它就像投影仪，一下子集中在一个形象上。

不同的是，这里没有脚本，只有连续的、前后没有逻辑关系的图像。在这盏神灯里，所有的图像都享有特权。意识在体验中，使其关注的对象处于悬停状态，并通过神奇的手段，把它们孤立起来。从此，这些对象就被排除在所有的判断之外。这种“意向”就是意识的特点。但这个词不涉及任何终极概念，只取其“方向”之意，仅具有地形学方面的价值。

初看上去，好像没有任何东西在反驳荒诞精神。思想外表谦逊，只限于描述它不愿意解释的东西，这种主动守纪反倒产生了矛盾，让经验变得丰富而深刻，世界在其烦琐中新生，凡此种种，就是荒诞的方法。至少初看起来如此。因为，无论是这种情况还是别的情况，思想方法总是有两张面孔，一张是心理面孔，另一张是形而上的面孔[①]，并由此揭示了两种真理。如果意向性的主题只说明某种心理态度，真实将因此枯竭而非得到解释，那就没有任何东西能把真实与荒诞精神分开了。真实只列数自己无法超验的东西，只确定

①甚至连最坚决的认识论者都以形而上为前提，并竟然到了这种程度，当代大部分思想家的形而上都只有一种认识论。——原注

在缺乏任何统一原则的情况下，思想仍能快乐地描述和理解经验的每张面孔。这些面孔所涉及的真理属于心理范畴，只证明现实可能会呈现什么“利益”。这是唤醒一个昏睡的世界、振作其精神的办法。但如果人们想理性地扩展真理这一概念，并以此为基础；假如人们声称因此而发现了所认知的每个对象的“本质”，我们就能让经验恢复深度。对于具有荒诞思想的人来说，这是不可理喻的。但从谦逊到自信的这种摇摆，在意向性的态度上非常敏感，现象学思想的这种闪烁，将比任何别的东西都能更好地说明荒诞推理。

胡塞尔也讨论过意向所揭示的“超时间本质”，人们还以为听到了柏拉图的声音。不能凭一件东西解释一切，而要用一切东西来解释，我看不出这里面有什么区别。当然，意识在每次描述结束之后所“建立”的这些主张或本质，人们还不希望它们成为完美的典范，但确定它们会直接出现在感知的所有前提条件当中。再也没有可以解释一切的唯一思想，但有无限的本质给无限的对象以某种意义。世界静止了，但清楚了。柏拉图的现实主义成了直觉，但仍然是现实主义。克尔凯郭尔坠入了他的上帝的深渊。巴门尼德把思想推入“一”之中。但这时，思想却投入抽象的多神论当中。更有甚者，幻觉和虚构也成了“超时间本质”的一部分。在理念的新世界中，半人半马族群与更谦逊的主教族群合作了。

世界的所有面孔都享有特权，荒诞人认为，在这种纯心理的观点中，有一种真理也有一种酸楚。一切都享有特权等于说一切都等同，但这种真理的形而上一面把他带得那么远，以至于通过某种基本反应，他也许就觉得自己离柏拉图更近了。事实上，人们确实告诉他说，一切形象的本质都享有同样的特权。在这个没有等级的理想世界里，正规军只由将军组成。超验性也许已被消灭，但思想的突然转变重新在世上引入了一种残缺的内在性，这种内在性恢复了自己在宇宙中的深度。

这个主题，其创作者们处理得非常谨慎，我是否要担心自己在这上面扯得太远？

我只读过胡塞尔的这些论断，它们表面上看起来互相矛盾，但如果承认他在这之前说过的话，我们就会感到它非常符合逻辑："真实的东西本身是绝对真实的，真理是单一的；不管是人、魔鬼、天使还是神，无论生灵如何看待它，它都与自己一致。"大写的理性胜利了，被这种声音到处嚷嚷，这我无法否认。在这个荒诞的世界里，他的论断意味着什么？天使或神的直觉对我来说没有意义。这个几何般整齐均匀的地方，神的理性核准我的理性，我永远无法理解这个地方。仍然是在那里，我觉察到一种跳跃。对我来说，要在抽象中完成这一跳，跟忘记我不想忘记的东西具有同样的意义。胡塞尔在这后面又写道："如果受地心引力影响，广大民众消失了，引力的这一定律虽然没有遭到破坏，但已经没有用处了。"看到这里，我知道我面对的是一种安慰人的形而上思想。如果想发现思想离开明显事实的道路在哪里拐弯，只需重读胡塞尔关于精神的平行推理："如果我们能清楚地凝视精神程序的确切法则，我们就会发现，它将永恒而不变，就像理论自然科学的基本法则。所以，哪怕没有任何精神程序，它也是有效的。"精神哪怕不在，其法则仍在！这时我才明白，胡塞尔是打算用一种心理真实来创造理性规则：否认了人类理性的容纳能力之后，他侧面一跳，跳进了大写的永恒理性当中。

所以，胡塞尔关于“具体宇宙”的主题并不能使我感到意外。并不是所有的本质都是形式的，有些是物质的；前者是逻辑的对象，后者是科学的对象，对我来说，这不过是一个定义问题。人们信誓旦旦地向我保证，抽象指的只是具体的普遍概念自身不稳定的一部分。但前面已经讨论过的摇摆状态，能让我弄清这些含糊的术语。因为这可以表明，我所关注的具体对象，比如这个天空，水在大衣下摆的倒影，它们保留了真实的魅力，而这种魅力是通过我的关注从世上分离出来的。我不会否认这种观点，但这也同样可能表明，这件大衣本身是普遍的，其本质是特殊的、充分的，属于形式世界。于是我明白了，人们不过是改变了事物进程的顺序。这个世界在一个高级的宇宙里失去了倒影，但形式的天空出现在这个地球众多的形象中。对我来说，这没有任何改变。我在这里找到的，根本不是具体的味道，也不是人类状况的意义，而是一种智力至上，它任意驰骋，想把具体本身普遍化。

*

这种表面上的矛盾，通过受屈辱的理性和凯旋的理性这两条相反的道路，让思想陷入自我否定，对此用不着大惊小怪。从胡塞尔抽象的上帝到克尔凯郭尔迅如闪光的上帝，二者之间的距离并不是太大。理性和非理性导致同样的说法，这是因为，走哪条路其实并不重要，只要有到达的意志就足够了。抽象的哲学和宗教哲学都是从同样的慌乱中走出来的，并在同样的忧虑中互相搀扶。重要的是作出解释。在这里，怀旧比科学强大。意味深长的是，当今的思想被一种认为世界无意义的哲学渗透最深，也被其结果严重撕裂。它不断地在现实的极端理性化和极端非理性化之间摇摆，前者试图把现实拆分成理性类型，后者促使其神化。但这种分离不过是表面上的，问题在于和解。无论是哪种情况，跳过去就足够了。人们总是错误地认为，

"理性"这个概念是单向的。确实，这个概念不管想让自己变得多严密，仍然跟其他概念一样灵活。理性完全是一副人的面孔，但它也知道转向神灵。普洛丁[①]最先懂得把它与永恒氛围进行协调。自他以后，理性便学会了离开它最亲爱的原则，即矛盾；采纳了最奇特的原则，即十分神奇的参与原则。[②]它是思想的工具，而不是思想本身，人的思想首先是怀旧。

理性不但能安慰普洛丁的感伤，还能让现代忧虑在永恒熟悉的背景下平静下来。荒诞精神就没那么好的运气了。对它来说，世界没那么理性，但也没有非理性到那种程度。世界是毫无理由的，仅此而已。在胡塞尔那里，理性终于变得毫无界限了。相反，荒诞确立了自己的界限，因为它

---

①普洛丁（204—270）：古罗马时期的希腊唯心主义哲学家、新柏拉图主义创始人，作品有《九章集》。——译注

②A.当时，理性要么接受，要么死去。它接受了。有了普洛丁，它就从逻辑变成了美学。比喻代替了三段论。

B.而且，普洛丁对现象学的贡献不止这一点。这种态度早已包含在这位亚历山大学派的思想家如此喜爱的观点当中，以至于不仅有一个世人的观念，而且也有一个苏格拉底的观念。——原注

无力平息自己的忧虑。克尔凯郭尔则从另一方面断定，一种界限就足以否定理性，但荒诞没有走得那么远。对克尔凯郭尔来说，这种界限只针对理性的野心。非理性的命题，正如存在哲学家们所构想的那样，是在自我否定中变得混乱而又解脱的理性。荒诞就是清醒的理性，它能发现自己的局限。

到了这条艰难道路的尽头，荒诞者才认出自己的真正理性。比较了自己的深切要求和当时别人推荐给他的东西，他突然感到自己要转变了。在胡塞尔的世界中，世界变得清晰起来，人们牢记在心的对熟悉事物的这种渴望变得没用了。在克尔凯郭尔关于世界末日的论述中，对明晰的这种渴望，如果想得到满足，就得自我放弃。知道不是罪恶，渴望知道才是罪恶。（这样看来，所有的人都是无辜的。）这恰恰是荒诞者所能感受到的既能成其罪也能还其清白的唯一罪行。有人向他推荐了这样一个结局：过去的所有矛盾都不过是论争游戏，但他心里感觉到的却不是这样。必须保持矛盾没有得到根本解决的真相。他不想进行说教。

我的论证希望忠于唤醒它的明显事实。这种明显事实就是荒诞，是渴望的精神与让人失望的世界之间的分离，是我对统一性的怀念，是这个四散的宇宙和把这些东西连接起来的矛盾。克尔凯郭尔取消了我的怀念， 胡塞尔重新聚合起了这个宇宙，这都不是我所期待的。重要的是要带着这种痛苦活着和思考，懂得应该接受还是拒绝，而不是通过否认其方程式中的某一项来遮掩事实，消灭荒诞。必须知道是否能凭借荒诞而活着，知道逻辑是否要求人们因荒诞而死亡。我只想净化它，排除其中的感情，弄清它的逻辑性和诚实性。对荒诞精神来说，其他立场都意味着回避，意味着精神面对自己所揭示的东西会后退。胡塞尔说要服从自己的愿望，逃避“在某种已经熟悉和舒适生存条件下生活和思考的积习”，但最后一跳让我们恢复了永恒及舒适。这一跳并没有出现克尔凯郭尔所希望的那种极端危险，相反，危险在于起跳前的那个微妙瞬间。要懂得在这令人炫目的山脊站稳，这就是诚实，其余都是借口。我也知道，无能为力从来不曾唤起过克尔凯郭尔书中的那么动人的和谐。但如果说，在与历史无关的情景中，如果能找到无能为力的位置的话，那么我们现在已知其要求苛刻的论证中，无能为力就难以找到自己的位置了。

荒诞的自由

现在，重要的问题已论述完成。我坚持不能放手的几个明显事实。我所知道的，确信无疑的，不能否认的，无法抛弃的，这才是最重要的。我身上靠不确定的忆旧为生的那部分，我可以统统否定，除了对统一性的这种渴望，对解决问题的这种意愿，对清楚明晰与逻辑严密的这种苛求。在这个围困我、冲撞我、裹挟我的世界，我可以摈弃一切，除了这种混乱、这种巨大的偶然和来自无政府状态的这种神圣的等值。我不知道这个世界有没有意义，这超出了它理解的范围。但我知道我不认识这种意义，我眼下不可能认识它。在我生存条件之外的意义对我来说有什么用？只有用人间的词语我才能理解。我触摸到的，对我产生抗力的，才是我能理解的东西。我对绝对和统一的渴望，这个世界与理性合理的原则水火不容，这两种确信无疑的东西，我至今仍然知道我无法调和它们。如果我不撒谎，不求助在我的生存条件限制下既不可能有、有也毫无意义的希望，我还能认识别的真理吗？

如果我是一棵树，一只猫，这种生活也许会有意义，或者说，这个问题根本没有意义，因为我将成为这个世界的一部分。我将是这个世界，尽管我现在以我的全部意识和对熟悉之事的全部苛求来反对它。正是这种如此可笑的理由把我置于一切创造的对立面，我不能抹杀它。如果我相信是真的东西，我就应该去维护它。我觉得非常明显的东西，哪怕与我意见相左，我也应该支持它。如果不是我对它的意识，又是什么造成了这种冲突，引起了世界与我的思想之间的分裂？如果我要维护它，就要依赖一种持续不断的意识，永远更新，永远保持紧张。这就是我目前应该记住的。现在，既明显又如此难以征服的荒诞回到了人们的生活当中，找回了自己的家园。仍然是现在，精神可以离开清醒的努力这一崎岖而干旱的道路了。它走进了日常生活，找到了无名世界，但回到那里的人从此都带着反抗之心与洞察力。他们已经不抱希望。现实这座地狱，最终成了它的王国，所有的问题都又变得尖锐起来。面对形式与色彩的抒情，抽象的明显事实后退了。精神冲突表现了出来，在人的心中重新找到了可怜而绝佳的藏身之处。什么冲突都没有解决，但一切都改变了面目。人将去死，跳着逃走，还是重建一座适合自己思想与形式的屋子？或者相反，支持荒诞痛苦而美好的打赌？在这一点上，让我们做最后的努力，得出我们所有的结论吧！身体、温情、创造、行动和人类的高贵，全都会在这个疯狂的世界里重新找到自己的位置。人最终将在那里找到荒诞的美酒和冷漠的面包，滋养自身的伟大。

让我们再次强调一下方式，那就是坚持不懈。荒诞人在道路的某个地方受到诱惑。即使没有众神，历史上也不乏宗教和先知。人们要求他跳跃。他所能回答的一切，就是他弄得不是太懂，事情不是太明显，而他想做的却是自己很明白的东西。人们信誓旦旦地对他说，这么傲慢是在犯罪，但他不明白“傲慢”这个概念；也许地狱就在尽头，但他缺乏足够的想象力，描绘不出这一奇特的未来；人们还告诉他，他失去了不朽的生命，但他觉得这无关紧要。人们希望他承认自己的罪行，但他觉得自己是清白的。说实话，他确实觉得如此，他的清白不容置疑。这种清白能让他做任何事情，所以，他对自己的要求，是只体验自己了解的东西，妥善安排确实存在的东西，不让不确定的东西出现。人们回答他说，没有任何东西是确定的。但至少这一论断是确定的。他要对抗的正是这一点：他想知道自己是否可以义无反顾地活着。

*

以前，必须先弄清楚，是否有意义的生活才值得过。现在似乎刚好相反，生活越没有意义便越值得去过。然而，知道命运是荒诞的，人就不会去体验这种命运了，除非要竭尽全力，把被意识揭露的荒诞保持在自己面前。否定自己赖以生存的对立面的某一项，就是躲避。消灭有意识的反抗，就是逃避问题。不断革命这一主题就这样贯穿在个人经验之中。活着，就是让荒诞生存，让荒诞生存，首先要看着它。所以，少数几种合理的哲学态度之一，就是反抗。这是人与自身的黑暗的永久冲突之一。它苛求不可能得到的透明，每一秒钟都质疑这个世界。正如冒险可以让人抓住千载难逢的机会，形而上的反抗也让意识贯穿于经验的始终。反抗就是时刻面对自身，它不是憧憬，没有希望。这种反抗不过是确认一种不可抗的命运，而不是应该伴随着命运的屈从。

这种反抗让生命有了价值。它贯穿了人的整个一生，使其恢复了辉煌。对于眼界开阔的人来说，没有比用智力与他把握不了的现实搏斗更美丽的景象了。人类傲慢的景观是无与伦比的，没有什么能贬低它的价值。精神严以律己的规章、每个部分都经过锻造的意志、这种面对面的针锋相对，凡此种种，都具有强大和奇特的东西。现实的不近人情造就了人的辉煌，但要让这种现实变得贫乏，就是让自己变得贫乏。于是我明白了，理论学说在向我解释了一切的同时也让我弱化了。它们卸掉了我自己生命中的重量，而那种重量，我本来是应该独自承担的。到了这个转折点，我无法设想一种形而上的怀疑论能与这弃世的道德结盟。

意识与反抗，这两种拒绝与弃世水火不容。人们心中所有不可战胜、充满激情的东西会鼓励它们与人生背道而驰。这里指的是至死不和解，而不是心甘情愿。自杀是一种无知。荒诞人只能是耗尽一切，耗尽自己。荒诞使他极度紧张，他孤军奋战，持久地维持这种紧张，因为他知道，在这种意识中，在这种日复一日的反抗中，他证明了自己唯一的真理，那就是挑战。这是第一个结论。

*

如果我坚持这种经过深思熟虑的立场，即得到某种明显概念所带来的种种结论（仅仅是结论），我就面对第二个悖论了。为了忠于这种方式，我完全置“形而上的自由”这个问题于不顾。要知道，我对人是否自由不感兴趣，我只能感觉到自己的自由。关于这种自由，我没有完整的概念，只有某些清晰的看法。“自在的自由”这个问题没有意义，因为它是以另一种方式与上帝这一问题相连。要知道人是否自由，就必须知道人能不能有个主人。这个问题特别荒诞，原因是这个概念让自由这个问题成了可能，但同时也剥夺了它的全部意义。大家都知道这种抉择：要么不自由，恶由全能的上帝负责；要么是自由的，但自己要对恶负责。然而上帝不是全能的，因为面对上帝，更多是恶的问题而不是自由的问题。这个矛盾不容置辩，各派别即使精明透顶也丝毫不能对它有所增减。

所以，我不能热情地赞扬一个我不懂的概念，也不能简单地给它下定义。自从它超出了我的个人经验，它就失去了自己的意义。如果自由是某个人赐给我的，我是无法懂得那是什么玩意儿的。我失去了等级感。我不可能有自由，只有关于自由的一些概念，就像囚徒或是国家中的个人那样。我所认识的唯一自由，是精神与行动的自由。然而，如果说，荒诞剥夺了我获得永恒自由的所有机会，它却会还我以行动自由并且鼓励我。希望与前途遭到剥夺，意味着人的不可约束性在增加。

在遇到荒诞之前，普通人在生活中总是带有目的，担心前途或是要作出证明（向谁证明或证明什么，这不重要）。他衡量自己的机会，指望将来，指望自己退休的生活或子女的工作。他还相信生活中有什么东西以后会更好。他装作自己是自由的，尽管所有的事实都与这种自由背道而驰。遇到荒诞之后，一切都动摇了。“我在”这种主张，我装作一切都有意义（尽管我有时说，什么都没有意义），所有这些都被荒诞用可能的死亡戳穿了，令人目眩。想着明天，给自己确定目标，有各种偏爱，这些都必须以相信自由为基础，尽管有时人们都说没有感觉到它。但在此刻，我清楚地知道，这种高级的自由、存在的自由，它并不存在，而只有它才能创造真理。在那儿，死亡被当作唯一的现实。人死后，游戏就结束了。我也同样，没有永远活下去的自由，而是成了奴隶，并且是无望永恒革命、没有蔑视之勇气的奴隶。如果没有永恒作保证，什么自由能真正存在？

但与此同时，荒诞人也明白了，在此之前，他一直与这种自由的前提联系在一起，而这种自由是建立在他赖以生存的幻想之上的。从某种意义上来说，这使他受到了束缚。只要他想象自己的生活有目的，他就会满足各种要求来达到这个目的，从而成为自身自由的奴隶。结果，我现在都不知道该怎么做了，只能准备当一个家长（或是工程师、民族领袖或是邮电局的临时雇员）。我想，我能选择成为这些人而不是别的人。我确实是这样认为的，不假思索，但同时也坚持这一前提：周围的人都有信仰，我的人文环境充满偏见，（别人都非常确信自己是自由的，这种乐观精神是如此具有传染性！）不管离种种偏见有多远，不管是道德的偏见还是社会的偏见，人们还是部分地忍受它们，为了它们当中最好的那些（偏见有好也有坏）而让自己的生活适应它们。所以，荒诞人明白，自己并非真的自由。明白地说吧，如果我抱有希望，担心我固有的真相，担心存在或创造的方式，总之，我能支配自己的生活，并由此证明我承认它有意义，那我就给自己设立了藩篱，把自己的人生紧紧地困在其中。我将与那么多心灵上的公务员一样行事，而他们只能让我感到厌恶。我现在看得非常清楚，他们除了对人的自由郑重其事，其他什么都不做。

荒诞让我弄清了这一点：明天并不存在。从此，这将是我要获得极大自由的原因。我在这里作两个比较。神秘主义首先找到了一种自由赋予自己，他们沉浸在自己的神当中，同意他的规则，不知不觉中自己也变得自由了。他们本能地同意奴隶制，从中找到了极大的独立。但这种自由意味着什么？至少可以说，他们面对自己感到自由了，但没有被解放那般自由。同样，荒诞人完全转向死亡（在此被当作最明显的荒诞），感到摆脱了一切，除了凝结在他身上的这种热切关注。他们尝到了一种相对于公共法则的自由。我们在此看到，存在哲学最初的主题保留了他们的所有价值。恢复意识、逃离日常困倦，表现了荒诞自由的最初步骤。但人们针对的是存在哲学的说教，以及伴随着它的那种精神跳跃，这种跳跃实际上避开了意识。同样（这是我的第二个比较），古代的奴隶不属于自己，但他们却能体验到这种他们丝毫不用负责的自由。[1]死神也有双贵族的手，能压死人，但也能解放人。

沉浸在这种无限的确信中，感到从此与自己的生活陌生得足以丰富它、穿越它，而不像情人那么近视，这里涉及解放的原则。这种全新的独立像所有的行动自由一样，是有期限的，它不向未来开支票，而是替代自由的幻想，人死的时候这些幻想就全都停止了。死刑犯拥有神圣的自由，面对着它，监狱里所有的门都在某个黎明打开了。除了生命纯洁的光芒，他对一切都冷漠得令人难以置信。人们清楚地感觉到，在这里，死亡和荒诞是唯一有理性的自由之原则：那种自由是人心能够感觉到和体验到的。这是第二个结论。于是，荒诞人隐约看见一个火热而冰冷、透明而有限的世界，在那里，没有什么是不可能的，什么都不缺。但一越过界限，一切都将轰然倒塌，化为乌有。所以他能决定是否同意在这样的宇宙中生活，从中获取力量，不再抱有希望，执着

①这里指的是事实比较，而不是对屈辱的称赞。荒诞人与妥协者相反。——原注

地证明没有慰藉的生活是存在的。

*

但在这样的宇宙中，生命意味着什么？眼下，它仅仅意味着对未来无动于衷，狂热地耗尽给予它的一切。相信生命有意义，就意味着有一系列价值、选择、喜好；相信荒诞，根据我们的定义，则是相反的情形。值得我们停下来谈论一番。

知道是否应该义无反顾地活着，这就是我感兴趣的一切。我丝毫不愿意离开这个主题。给我的这种生活面貌，我能将就吗？然而，面对这种特别的忧虑，相信荒诞，等于用经验的数量来代替经验的质量。如果我相信生命除了荒诞以外没有别的面孔；如果我感觉到，它的平衡完全取决于一种永恒的对立，也就是我有意识的反抗和生活挣扎其中的黑暗之间的对立；如果我承认我的自由与它有限的命运相比才有意义，那我应该说，重要的，不是生活得最好，而是生活得最丰富。我用不着考虑是庸俗还是恶心，是优雅还是可惜。为了有利于事实判断，价值的判断在这里被永远排除在外。我只从我看到的东西当中得出结论，绝不拿任何假设来冒险。假如这样活着不算诚实，那么真正的诚实会要求我变得不诚实。

生活得最丰富，从广义上来说，这种生活准则毫无意义。必须清楚地解释它。首先，人们好像没有足够深地挖掘这个数量概念，因为它可以反映人类经验的一大部分。一个人的道德和价值等级，只有累积到一定数量和足够丰富的经验时才有意义。然而，现代生活的条件迫使大部分人拥有同样数量的经验以及同样深刻的经验。当然，也要考虑个人本能的贡献，即他身上被“赋予”的东西。但这一点我无法判断，我在这里所说的原则一如既往，必须适应眼前的明显事实。所以，我觉得，某种共同的道德，其自身的特点不在于鼓励它的原则有多重要，更多是在于经验的标准要能够分门别类。夸张一点说，古希腊人制定了娱乐道德，但已经有许多人，包括最悲剧的人让我们预感到，某种更漫长的经验改变了这个价值表。他们让我们想象自己就像日常生活中的冒险家，仅凭经验的数量就打破了纪录（我故意使用这个体育词语），由此赢得了自己的道德。[①]不过，让我们远离浪漫主义，只问自己，对于一个决定打赌、严密观察他深信不疑的游戏规则的人来说，这种态度意味着什么？

要打破纪录，首先必须尽可能多地面对世界，也只能如此。没有矛盾，没有文字游戏，这怎么可能呢？一方面，荒诞告诉大家，所有的经验都是不同的；另一方面，它又促使人们获得尽量多的经验，这怎么能不随波逐流，像我上文所说的那么多人一样，选择能给我们带来尽可能多的人类物质的生活方式，由此进入别人准备抛弃的价值等级呢？

但教会我们的仍然是荒诞及其矛盾的生活。因为，认为经验的多少取决于我们生活的环境，这种想法是错误的。经验的数量只取决于我们。在这里，应该把问题简单化。两个

①数量有时能创造质量。如果最新的科学理论是成立的，所有的物质都由能量中心组成，其数量的多少决定其特殊性的多寡，十亿离子与一个离子的区别不仅仅在数量上，也在质量上。在人类经验中很容易找到类似的情况。——原注

年龄相同的人，世界永远给他们以相同数量的经验，我们应该意识到这一点。感觉到自己的生活、自己的反抗、自己的自由——尽最大可能去感觉，这就是活着——尽最大可能。清醒统治的地方，价值等级断无用处。让我们更简单一些！这么说吧，唯一的障碍，唯一“错过机会赢得”的东西，是由于过早死亡造成的。这里所暗示的宇宙，仅因与这种恒定的例外对立而生存，而这种例外就是死亡。所以，任何深度、任何激情、任何热情和任何牺牲，在荒诞人看来（哪怕他希望如此），都无法等同于四十年有意识的人生和六十年清醒的人生。①疯狂与死亡，这是他无法弥补的东西。人不作选择，所以，他身上的荒诞与多余的生活并不取决于人的意志，而是意志的反面，即死亡。②好好掂量一下这些词语，它们说的无非是机会问题。必须同意这一点。二十年的

①甚至思考一个像虚无思想那样如此不同的概念。它对真实没有丝毫增减。在虚无的形而上经验中，我们自身的虚无只有思考两千年后发生的事情才会有真正的意义。从其中的一个侧面来看，虚无确实是由未来生命的总和组成的，只是那已经不属于我们。——原注

②意志在这里不过是个代理：它倾向于维护意识，提供生活准则，值得重视。——原注

生活与经验永远不可替代。

古希腊人虽然生活经验如此丰富，但这个民族却不合情理得十分离奇，竟然希望年纪轻轻死去的人能被众神所爱。这是不可能的，除非人们愿意承认，进入诸神可笑的世界，就是永远失去最纯粹的快乐，即感觉，感觉自己生活在人世。当下和一系列的当下，面对一个永远有意识的人，这才是荒诞人的理想。但“理想”这个词在这里有点走调，因为这甚至不是他的使命，只是他推理的第三种结论。关于荒诞的沉思，从非人性的忧患意识出发，在道路的尽头又回到了人类反抗的熊熊烈火当中。[①]

---

①重要的是前后一致。这里的出发点是与世界达成一致。但东方思想教导我们，人们可以在选择反对这个世界的同时进行同样逻辑的努力。这也是合理的，而且给本书指出了前景和局限。但如果同样坚决地否定这个世界，人们往往会得出（在某些吠檀多学派中）类似的结果，比如关于事业的冷漠性。让·格勒尼埃在一本名为《抉择》的重要的书中，用这种方式创造了一种真正的“冷漠哲学”。——原注

*

就这样，我从荒诞中得出三个结论：我的反抗、我的自由和我的激情。我仅通过意识的游戏，把死亡邀请——我拒绝死亡，变成了生命的准则。我当然知道那些日子不绝于耳朵的沉闷回响，但我只有一句话要说：因为它很有必要。尼采写道："显而易见，天上和地上的主要事情，就是长期顺从，朝着同一个方向：长此以往，会出现值得在这个世界上为之而活的某些东西，比如道德、艺术、音乐、舞蹈、理性、精神，某些在变化的东西，某些精美、疯狂或神圣的东西。"他揭示了一个气势恢宏的道德规则，但也指出了荒诞人的道路。服从火热的激情，这是最容易的，也是最难的。不过，人在与困难较量时，有时自我评判一下，这是有好处的。只有他能做到这一点。

“祈祷，”阿兰[①]说，“是因为黑夜降临到思想上了。”“但精神必须与黑夜相遇。”神秘主义者和存在哲学家回答说。如果必须遇到一个黑夜，但愿是保持清醒的失望之夜、极地之夜、精神不眠之夜。夜间也许会出现这种白色纯洁的光亮，在智慧的光芒中照亮每个物体。这时，对存在的跳跃进行评判便不再成为问题。它回到了自己的行列当中，来到人类形态的古老画卷中。对观众来说，如果精神的意识清醒，这种跳跃就仍然是荒诞的。精神只要相信能解决这个悖论，就会完全恢复它。在这一点上，它是动人的；在这一点上，一切都回到了原位，荒诞世界在灿烂辉煌与丰富多彩中获得了新生。

但要是停下来就糟了。很难满足于一种观察方式，也很难满足于摆脱矛盾，这也许是所有精神力量中最微妙的东西。之前所述只能定义一种思考方式。现在，重要的是生活。

---

①阿兰（1863—1951）：法国哲学家、作家，此句引自他的《观念与时代》。——译注

二　荒诞人

如果斯塔夫罗金[1]信教，他不信自己信教；

如果他不信教，他也不信自己不信教。

——《群魔》

“我生活的天地，”歌德说，“就是时间。”这真是荒诞的警语。荒诞人究竟是什么样子的？是不否认永恒、又不为永恒而做任何事的人。并不是他对忆旧感到陌生，而是他喜欢自己的勇气和推理。前者教他义无反顾地生活，满足于自己所拥有的东西；后者教他明白自己的局限。他确信自己的自由是有期限的，自己的反抗没有前途，自己的意识会消亡，但他继续在生命的长河中历险。那里就是他生活的天地，在那里，他让自己的行动摆脱所有的评判，除了自己的

①斯塔夫罗金：《群魔》中的人物，风度翩翩的绅士，外貌英俊，内心堕落。——译注

评判。更伟大的生活对他来说并不意味着另一种生活，否则是不诚实的。我甚至不想在这里谈论那种可笑的永恒，也就是人们所谓的后代。罗兰夫人[1]相信这种永恒。这种冒失受到了惩罚。后代自愿引用这个词，但忘了对它作出评判。罗兰夫人对后代不感兴趣。

问题不在于论述。我见过一些很有道德的人行为不端，我每天都发现诚实并不需要规则。荒诞人只承认一种道德，那就是不能与上帝分离的道德，即自律。但他恰恰生活在这个上帝之外。至于其他道德，荒诞人只看到辩解，他没有任何东西可以辩解。我在此从他是无辜的这一原则出发。

这种无辜非常可怕。“一切皆允许。”伊万·卡拉马佐夫[2]如此嚷嚷。这也散发出荒诞的味道，前提是庸俗地理解它。我不知道人们是否已经注意到：这不是解脱与快乐的叫声，而是一种痛苦的确认。确信存在着一个能给自己的生

①罗兰夫人（1754—1793）：法国大革命时期吉伦特派代表人物，后被判处以绞刑。——译注

②伊万·卡拉马佐夫：俄国作家陀思妥耶夫斯基的长篇小说《卡拉马佐夫兄弟》中的人物，老卡拉马佐夫的次子，狂热的理性主义者。——译注

命以意义的上帝，其诱惑力大大超越了做坏事不受惩罚的能力。这种选择并不难，但事实上没有选择，痛苦由此而来。荒诞不是解放人，而是捆绑人。不是所有的行为它都允许，一切都允许并不意味着什么都不禁止。荒诞只是把行为的等值还给行为的结果。它并不鼓励犯罪，犯罪是幼稚的，但它会重新让悔恨变得无益。同样，如果所有的经验都无足轻重，责任的经验就会跟其他经验一样合理，高尚的道德就可以随意获得。

所有行为都有一些使其合情合理或被人淡忘的结果，任何道德都建立在这一思想的基础上。一个充满荒诞思想的人，只判定这些后果应该得到心平气和的考量。他准备付出代价。换言之，对他来说，可能要负一些责任，但谈不上罪过。他最多承认用过时的经验给未来的行为做基础。时间养活时间，生命激活生命。在这个虽有边界但同时也充满可能性的生命场，他觉得除了自己的清醒，身上的一切都不可预料。那么，从这种荒诞的秩序中能得出什么准则呢？唯一可能让他觉得有教益的真理绝不是形式上的。所以，荒诞精神在推理之后，可能寻找的绝不是伦理规则，而是一些图景和人类生活的气息。接下来要讨论的某些图像就属此类，它们在继续荒诞推理的同时，也给荒诞人以应有的高度和它们的热度。

一个范例并不一定是必须追随的范例（如果在荒诞世界里有这可能，那就更是如此），这些图景并不会因此而成为典范。这种思想我还有必要阐述吗？除了使命所需，原封不动地从卢梭身上得到应该四肢走路的结论、从尼采身上得出必须虐待自己母亲的结论，这就太可笑了。“荒诞是必需的，”当代某作者写道，“但不应该受骗。”这里将探讨的态度，只有同时考虑到其对立面才有完整的意义。邮局的临时雇员与征服者是平等的，只要他们的意识相同。从这个观点来说，所有的经验都无足轻重，有的对人有用，有的对人无用。如果人有意识，经验就对他有用，否则经验就不重要：一个人失败了，不能就此断定他周围的人都失败了，只能断定他本人失败了。

我只选择一些一心要耗尽自己或我觉得他们将耗尽自己

的人，不再毫无边际地深入下去。眼下，我只想谈一个思想和生命都没有前途的世界。所有让人工作和忙个不停的东西都在利用希望。因此，唯一不撒谎的思想是一种毫无结果的思想。在荒诞世界里，一个概念或生命的价值，是根据它是否有结果来衡量的。

唐璜[①]主义

如果爱就足够，那事情就太简单了。爱之越深荒诞就越坚固。唐璜不停地换女人，并不是因为他缺乏爱情。把他看作一个追求完美爱情的幻想者，这很可笑。但正因为他以同样的冲动去爱她们，每次都全心全意，他必须重复自己爱的天赋和爱情的深度。所以，每个女子都希望能给他带去谁都没有给予过他的东西，可她们每次都犯了大错，她们只是让他感觉到需要这样重复而已。“毕竟，”她们中的一人大声

①唐璜：西班牙传说中的人物，风流贵族，法国剧作家莫里哀、英国诗人拜伦等都根据这个人物形象创作过作品。此处主要指西班牙作家蒂尔索·德·莫利纳的小说《塞维利亚的嘲弄者》中的唐璜。——译注

地说，“我给了你爱情。”唐璜笑着答道：“毕竟？不，只不过又多了一次。”听到这话，人们会感到吃惊吗？为什么爱得少才能爱得深呢？

*

唐璜伤心吗？不像。我几乎无须查看编年史。那种笑，那种扬扬得意的放肆，蹦蹦跳跳，逢场作戏，清清楚楚，快快乐乐，一切健康者都倾向于繁殖，唐璜也如此。但与此同时，伤心者也有两个伤心的理由，要么是他们不知道，要么是他们心存希望。唐璜知道但不存希望。他很像那些懂得自己的局限、从不越界的艺术家，在精神所栖居的这个朝不保夕的间隙，俨然一副大师的样子，怡然自得，而这就是天才：智力知道自己的边界在哪儿。在肉身死亡之前，唐璜一直不知忧伤为何物。但从他知道的那一刻起，他就笑声朗朗，原谅了一切。在胸怀希望的时候，他曾伤心得很。今天，从这个女人的嘴里，他重新发现了唯一的科学苦涩而慰藉人心的味道。苦涩？不尽然：这种必要的不完美让幸福写在人们的脸上！

想在唐璜身上找到一个熟读《传道书》的人的影子，那就上了大当。因为对他来说，没有比另一种生活更虚空的东西了。他证明了这一点，因为他游戏人生，逆天而行。他才不会后悔贪图享乐呢！这种老生常谈不适合他，倒是很适合浮士德。浮士德极信上帝，最后竟然把自己卖给了魔鬼。对唐璜来说，事情要简单得多。当别人拿地狱来威胁他时，莫利纳①笔下的“骗子”总是这样回答：“求你给我一个更长的期限吧！”死后才来的东西都是无意义的；善于活着的人，好日子才长呢！浮士德要求得到这个世界的财富：这个不幸者只需伸手。不懂得享受生命，这已经是在出卖灵魂了。相反，唐璜要的是满足。如果他离开某个女人，不完全是他对她没有欲望了，一个漂亮的女人永远是令人向往的；而是因为他渴望另一个女人了。这不是同一回事。

---

①莫利纳（1583—1648）：西班牙剧作家，“骗子”为他剧中《塞维勒的骗子》中的主人公。——译注

这种生活让他十分满足，没有什么比失去它更糟糕的了。这个疯子是个很有智慧的人，但生活在希望中的人很难适应这个世界。在这个世界里，善良让位于慷慨，温柔让位于男性的沉默，情感相通让位于孤独的勇气。大家都说："他是一个弱者，一个理想主义者或者是一个圣人。"

*

唐璜的这种言论和适用于女性的那句话（或者是贬低其欣赏者的那种心照不宣的微笑），让大家都感到非常愤怒。但对于寻求快乐数量的人来说，只有效果是最重要的。口令已经作出证明，解释又有什么用处？那些口令就是规则、习俗和礼节。口令已经发出，之后，最重要的事情就是去做了。唐璜已经准备去做。为什么要给自己提出道德这个问题？这并不像米洛兹[1]笔下的马纳拉那样，自罚下地狱是

①米洛兹（1877—1939）：法国诗人、作家，其剧作《米盖尔·马纳拉》塑造了一个孤独而痛苦的唐璜形象。——译注

想成为圣人。对他来说，地狱是人们挑起来的一个事端。面对神的愤怒，他只有一个回答，那就是人类的荣誉：“我拥有荣誉。”他对骑士长说，“我履行诺言，因为我是个骑士。”他“像所有的人一样”，有自己同情或憎恶的道德标准。只有永远参照唐璜庸俗地象征的东西，才能真正地理解他：普通的诱惑者和勾引女人的男人。他就是普通的诱惑者[①]。除了这一区别之外：他是有意识的，所以是荒诞的。变得清醒的诱惑者并不会因此而改变。诱惑是他的常态，只有在小说中才能改变常态或变得更好。但我们可以说，在什么都没有变化的同时，一切都变了。唐璜所付诸行动的，是一种量化的伦理，与追求质量的圣人相反。不相信事物的深层意义，就是荒诞人的本质特性。那些热情的或让人惊叹的面孔，他浏览了之后便把它们藏了起来，然后烧掉。时间与他同行。荒诞人不会与时间分开。 唐璜并不打算“收藏”女人，而是穷尽其数量，与她们一道竭尽生命中的机遇。收

①完全是这个意思，包括其缺陷。健康的态度也包含缺陷。——原注

藏，就是能够靠过去生存。但他拒绝后悔，后悔是另一种形式的希望。

*

他会因此而成为自私者吗？也许会，以他的方式。但在这里，还是要看怎么理解。有的人生来是为了过日子的，有的人生来是为了爱。唐璜至少主动说出了这点。但由于有所选择，所以他长话短说。因为我们在这里所说的爱情装饰着永恒的幻想。所有的爱情专家都告诉我们，没有永恒的爱情，只有恼人的爱情。没有斗争，绝不会有激情。这样的爱情只有在终极矛盾中才能结束，而这终极矛盾就是死亡。

要么当维特[①]，要么什么都不是。唐璜和别人一样，知道这样可能很动人，但他是少数几个知道重要性不在于此的人之一。他同样也知道，因一桩伟大的爱情而抛弃个人生活

①维特：歌德小说《少年维特之烦恼》中的主人公。——译注

的人，他们的生活也许会变得充实起来，但被他们的爱情选中的人，生活会变得非常单调。一位母亲，一个多情的女人，她的内心一定非常冷酷，因为这颗心已不理世人，只装着一种感情、一个人、一张脸，其他的一切全都被吞噬了。让唐璜动摇的是另一种爱情，是解放者的爱情，它随身带着世界上所有的面孔。他之所以害怕得发抖，是因为他知道自己将来有一天是会死的。唐璜选择成为一个什么都不是的人。

对他来说，重要的是要明察秋毫。参照书籍和传奇所提供的某种集体看法，把我们与某些人联系起来的关系才被叫作爱情。但关于爱情，我只了解这种把我与某某人联系起来的欲望、温情与智慧的混合物。这种混合物因人而异，我无权用同一个名称来概括所有的体验，这就免得以同样的方式来进行体验。荒诞人在这里又增加了他无法合而为一的东西，所以发现了一种新的存在方式。这种方式至少可以像解放接近他的那些人一样，解放他自己。没有什么慷慨的爱情，只有这种自知短暂而独特的爱情。对唐璜来说，正是这种死亡与新生创造了他生命中的光束。这是他提供的方式，也是他供养的方式。这是否能称为自私，我让大家来评判。

*

在这里，我想到了那些非要唐璜受惩罚的人，不仅在来世，在现世也要受罚。我还想起所有关于老年唐璜的故事、传奇和对他的取笑，但唐璜对此早有准备。对一个有意识的人来说，衰老和它所预示的东西并不出人意料。他不隐瞒自己的恐惧，正因为如此，他心里才最明白。在雅典，有座神庙是供奉老年的，人们常带着孩子们去那里。对唐璜来说，人们越是嘲笑他，他的形象就越抢眼，所以他拒绝浪漫主义者赋予他的那些形象。这个受折磨的可怜的唐璜，谁都不想取笑他。人们怜悯他，老天会拯救他吗？但问题不在这里。在唐璜隐约看见的世界里，可笑也是被理解的，他会觉得被惩罚是正常的。这是游戏规则。正因为他慷慨，所以接受了所有的游戏规则。但他知道自己是有理由的，这谈不上是惩罚。命运并不是一种惩罚。

这就是他的罪，所以，我们现在知道了，对追求永恒的人所谓的惩罚是什么东西。他掌握了一种不含幻想的科学，否定了他们所宣扬的一切。爱和拥有，征服和耗尽，这就是他的认知方式（《圣经》把“认知”称作爱的行为，它所喜欢的这个词具有深意）。只要他无视他们，他就是他们最大的敌人。有个编年史作家曾说，那个 “骗子”确有其人，是被方济各会的一些修士杀死的，他们想“结束唐璜的极端言行和对宗教的亵渎，因为唐璜的出身让他不会受到惩罚”。他们后来又宣称，老天用雷劈死他了。没有人见证这种奇特的结局，也没有人证明相反的事实。不必考证这是否是真的，我可以大胆地说，这是符合逻辑的。我在这里只想留住“出生”这个词，用来玩个文字游戏：活着就能保证自己清白，只有死了，罪行才会成为罪行，而现在它不过是个传奇。

那个石雕的骑士长[①]，那座冰冷的雕像，如果不是为了惩罚血气方刚、敢想敢干的人又是为了什么？永恒的理性、秩序和普遍道德的所有权力，一个动不动就发怒的上帝的全部奇特威严都集中在他身上。这块没有灵魂的巨石，只象征着被唐璜永远否定的权力。但骑士长的使命到此为止。闪电和响雷可以回到人造的天庭，当初它们就是被人从那里召唤下来的。真正的悲剧与它们毫无关系。不，唐璜并不是被石头的手砸死的。我很愿意相信传说中的对抗，相信健全者疯狂的笑声，就是他在向一个并不存在的神挑战。但我尤其相信唐璜在安娜家里等待的那天晚上，骑士长没有来。过了午夜，那个亵渎神灵的人一定感觉到，那些理直气壮的人痛苦不堪。我更愿意相信关于他的这一生平：到了最后，他被埋葬在一个修道院里。这并不是因为这个故事具有教益的一面显得比较可信。向上帝乞求什么庇护呢？但一个充满荒诞的

①石雕的骑士长：关于唐璜的传说中，唐璜所追求的女人安娜的父亲，被唐璜杀死后，其鬼魂化作石像，把唐璜拖进地狱之火，让他在地狱中永受苦难。——译注

人，这样的结局更符合逻辑。一个及时行乐、愤世嫉俗的结局。在此，享乐以苦行告终。必须明白，它们可以作为同一结局的两张面孔。还能希望什么更加可怕的形象呢？一个被自己的身体背叛的男人，由于没有及时死去，只能靠做戏来等待终场，与他不喜欢的上帝面对面，就像他曾侍奉生命一样侍奉上帝，跪在虚无面前，向上天伸出双手。他知道上天既不雄辩，也没有深度。

我看见唐璜在山上一个西班牙修道院的囚室里。如果他看着什么东西，那绝不是逃走消逝的爱情幽灵，倒可能是透过灼热的枪眼，他在眺望西班牙某个沉寂的平原，一个美丽而没有灵魂的大地，他在那里认出了自己。是的，应该在这个忧郁而灿烂的形象前驻足。最后的结局，人们等待而绝不期盼，最后的结局可以忽略不提。

戏剧

“演戏，”哈姆雷特说，“这是一个陷阱，我将在那里抓住国王的意识。”“抓住”这个词用得好。因为意识行走匆匆，或者蜷着身体。在它不易察觉地匆匆扫了自己一眼的那个瞬间，必须一把抓住它。普通人不喜欢慢慢腾腾，而是喜欢匆匆忙忙。但与此同时，除了他自己，他对谁都不感兴趣，只感兴趣自己会是什么样子。他对戏剧，对演出的爱好就是由此而来。戏中可以体验那么多不同的命运，他接受了其中的诗意，却拒绝受其之苦。在这里，人们至少认出这是个无意识的人，他继续急匆匆地奔向不知什么样的希望。荒诞人始于无意识的人结束之处，在那里，精神不再欣赏演出，而要进入其中。深入所有的生活，体验它们的丰富性，这确实是在表演生活。我不是说演员们往往都服从这种召唤，也不是说他们都是荒诞人，而是说他们的命运是荒诞的，可能会引诱和吸引一颗明慧的心。如果想正确理解接下来即将发生的事，这一点必须提出来。

演员所主宰的一切都不能持久。在所有的荣誉中，大家都知道，他们的荣誉是最短暂的，至少人们在谈话中是这样说的。但所有的荣誉都是短暂的。在天狼星[①]看来，歌德的作品在一万年之后将成为灰尘，名字也会被忘记。某些考古学家也许会寻找我们这个时代的“证据”。这种看法永远是有教益的，细想之下，它会把我们的焦虑变成深刻的高贵，只有无动于衷才能发现这种高贵。它把我们的焦虑引向最肯定的东西，即当下。在所有的荣誉中，最不骗人的是看得见的荣誉。

于是演员选择无数荣誉，有奉献的荣誉，有经受考验的荣誉。在将来有一天全都要死的东西当中，他得到了最好的

①天狼星：参见伏尔泰小说《米克罗梅加斯》，一个来自天狼星的小巨人，给地球人带来无数新奇的事情。——译注

结果。一个演员，要么成功，要么失败。一个作家往往抱有希望，哪怕自己并不知名，他觉得自己的作品会证明他的过去。演员最多留给我们一张照片，他的过去荡然无存，他的动作、沉默、短促的呼吸或是对爱情的渴望，不会一直来到我们面前。对他来说，不出名就等于没有演戏。不演戏，就等于他本来应该演活或复活的人物死了一百次。

建立在最短暂的作品之上的荣誉不能持久，这有什么值得大惊小怪的？演员只有三个小时的时间能当埃古、阿尔西斯特、费德尔或格罗斯特[①]。在这短暂的过程中，他让这些人物在五十平方米的木戏台上出生与死亡。荒诞从来没有被展示得这么清楚和持久。这些美好的生活，这些独一无二的完整人生，在四壁当中成长与结束，仅仅几个小时。还有比这更说明问题的缩影吗？离开了舞台，希吉斯蒙[②]就什

---

①埃古是莎士比亚剧作《奥赛罗》中的反面人物，阿尔西斯特是莫里哀《愤世者》中的主人公，费德尔是拉辛同名悲剧中的主人公，格罗斯特是莎士比亚《理查三世》中的主人公。——译注

②希吉斯蒙：西班牙剧作家卡尔德隆作品《人生如梦》中的人物。——译注

么也不是。两小时后，就有人看见他在城里吃饭。也许在那时，才是人生如梦。但在希吉斯蒙之后，来了另一个人。这个因拿不定主意而深受折磨的主人公，代替了复仇之后大喊大叫的人。就这样，穿过一个个世纪，模仿一个个人，模仿他们可能会怎么样，现在怎么样，到了最后，演员成了另一个荒诞人物，那就是旅人。他像这个旅人一样，耗尽了某些东西，不停地奔波。他是时间的旅人，在最好的情况下，是个被灵魂围捕的旅人。假如数量的道德[①]能找到食物，那一定是在这个奇特的舞台上。演员在什么程度上能受益于这些人物，这很难说。但重要的不在这里，只是要知道，他在多大程度上与那些不可替代的生命融为一体。其实，他有时能集那些人物于一身，那些人物略微溢出了自己出生的时间和空间，伴随着再也无法轻而易举地与过去分手的演员。有时，演员会在喝酒的时候，举起酒杯，做出哈姆雷特那样的动作。是的，他与被他复活的角色之间，距离并没有那么远。

①数量的道德：加缪的常用语，这里的量与质相对应。——译注

于是，他每天、每月都在大量展示这些现实。他时刻想着如何演得更好，他所做的一切努力，就是如何让表演最大限度地反映现实。他的艺术就是逼真地模仿，尽可能地贴近和深入别人的生活。经过一番努力，他的使命清楚了：全心全意地使自己变成什么都不是，或者成为许多人。离自己要创作的人物范围越窄，就越需要才能。他三小时后就要以他今日扮演的面孔死去，在这三小时内，他必须体验和表现一种非凡的命运。这就叫作凤凰涅槃。三个小时内，他将在这条没有出路的道路上走到尽头，看戏的人却要走上一辈子。

*

演员不能持久的东西，他只能在表面上练习与完善。戏剧的约定俗成，要求内心只能通过形体动作来表现，来让人理解——或者是通过声音，它跟身体一样具有灵魂。这门艺术的规则，要求一切都需要放大，表现得有血有肉。如果在戏中需要像在生活中一样爱一个人，那就使用这种不可替代的心灵的声音；看的时候凝神屏气，我们的语言就有了密码。在舞台上，沉默必须让人能够听见。爱情提高嗓门，甚至静止也会变得波澜壮阔。这种“戏剧性”不是谁想做就能做得了的，这个词被错误地贬低了价值，它包含着一整套美学和道德寓意。一个人有半生是在暗示、扭头和沉默中度过的。在这里，演员就是不速之客，他给这颗被束缚的灵魂驱魔，激情纷纷登台，通过各种动作说话，它们靠喊叫活着。演员就是这样塑造人物，然后把它表现出来。他或描绘或雕刻，悄悄地潜入他想象的人物身上，把自己的血赋予那些灵魂。当然，我这里说的是伟大的戏剧，它能让演员有机会用身心来表现人物的命运。看看莎士比亚吧！在《李尔王》[①]中，第一场戏就是狂怒的身体在引领舞蹈。那种狂怒解释了一切，没有它，一切都将崩溃。假如没有放逐考狄莉

①《李尔王》：指莎士比亚四大悲剧之一《李尔王》。——译注

娅[1]、判决爱德加[2]的粗暴举动，李尔王怎么也不会狂怒地去赴约。这出悲剧在疯狂的迹象中展开，这是对的。灵魂被交给了魔鬼，群魔乱舞。疯子不下四个，一个是职业疯子，另一个主动变疯，还有两个是因为痛苦而成为疯子：四具不协调的身体，四具处于同样状态下的面孔，难以言状。

光凭人体本身的高矮胖瘦是不够的。面具、厚底靴、脸部化妆、加强或减弱某些主要因素、服装的夸张或简化，舞台世界的一切都服务于外表，只求赏心悦目。身体还能带来认知，这是多么荒诞的奇迹。如果我不扮演伊阿古，我永远都理解不了他。尽管听见他说话，但我不明白；直到看见他，我才领会他。演员从这荒诞人物身上获得了单调的声音和独一无二的身形。这种身形十分迷人，既奇特又熟悉，演员携带着它贯穿他演出的所有角色。在此，仍然是伟大的戏

---

①考狄莉娅：李尔王的三女儿，因说实话被父亲赶至法国，但当父亲遭到危险，却是她回来以命相救。——译注

②爱德加：剧中另一个人物葛罗斯特伯爵的长子，伯爵听信庶子爱德蒙的谗言，放逐了爱德加，后来由于同情李尔王，被挖去双目，在野外流浪时遇到沦为乞丐的爱德加，由他搀扶前行，却不知他就是被自己赶出门的儿子。——译注

剧作品才能有助于格调的统一[1]。这就是演员的自相矛盾之处：同一个人，却拥有那么多变化，那么多灵魂集中在一具身体上。但这就是荒诞的矛盾本身，个体想达到一切、体验一切，这种尝试是徒劳的，这种执着是没有意义的。然而，向来矛盾的东西却在演员身上得到了统一。他是肉体与精神相遇与拥抱的地方，在那里，精神厌倦了自己的失败，转而投奔自己最忠实的盟友。“祝福那些人吧，”哈姆雷特说，“他们的鲜血与判断如此奇特地结合在一起，他们不再是命运的手指随意按孔就能让它发出动听声音的笛子。”

*

教会怎能不谴责如此演戏的演员呢？它要取缔这种艺术，因为这种艺术增加了异端灵魂，情感堕落，某种精神令

---

①我在此处想起了莫里哀笔下的阿尔塞斯特。一切都如此简单、如此明显、如此粗俗。阿尔塞斯特对抗菲林特，塞莉梅娜对抗埃里昂特。整个主题都处于荒诞的结果当中，因为某种性格被推向了尽头。诗句本身，“拙劣的诗”，几乎没有节奏，以表明性格的单调。——原注

人愤怒地不甘一种命运，奋不顾身地投入毫无节制的生活当中。教会禁止演员享受现世，像普洛透斯[①]那样扬扬得意。这与它的教诲背道而驰。永恒不是一场游戏，疯狂地喜欢戏剧甚于喜欢永恒的精神得不到它的拯救。在“到处”和“永远”之间没有妥协的余地，所以这种如此不被待见的职业可以让精神发生巨大的冲突。“重要的是，”尼采说，“这不是永恒的生活，而是永恒的活力。”事实上，全部悲剧都处于这种选择当中。

阿德里安娜·勒库弗勒[②]奄奄一息地躺在床上的时候，很想忏悔和领圣体，但他拒绝放弃自己的职业，由此失去了忏悔的益处。这不是反对上帝、维护自己深深的爱又是什么？这个女人在弥留之际，眼泪汪汪地拒绝否定她称之为她的艺术的东西，表现出她在舞台上也达不到的伟大，这是她最美的也是最难扮演的角色。在上天和可笑的忠诚之间做出

---

①普洛透斯：古希腊神话中的海神之一，能预知未来，并能随心所欲改变自己的面貌。——译注

②阿德里安娜·勒库弗勒（1692—1730）：法国女演员，死后受到教会力量的凌辱。——译注

选择，爱自己胜过爱永恒或沉迷于上帝，这是古老的悲剧，必须在剧中占有自己的位置。

那个时代的演员都知道自己已被逐出教门。进入这一行，就等于选择了地狱。而教会也把他们当作最大的敌人。有些文人感到非常愤怒：“什么，拒绝给莫里哀最后的援助？”但这是正确的，尤其是对莫里哀来说，他死在了舞台上，带着戏妆走完了一生，完全化为尘土。提起他，人们会说，天才会原谅一切。其实，天才什么都不会原谅，恰恰是因为他拒绝原谅。

所以，演员知道自己会遭到什么惩罚。但这么模糊的威胁，用生活本身留给他的最后惩罚为代价，又能有什么意义呢？因为他事先就已经同意并完全接受这种惩罚。但无论如何，这事关生死。因为，演员也许到处都是，但时间也不饶人，在他们身上留下了印痕。

所以，只需一点点想象力就可以感觉到演员的命运意味着什么。他在时间中一一创造人物，也是在时间中学会了征服他们。他体验的不同生活越多，便越容易离开它们。必须死在舞台上，死在众人面前。这一刻终会到来。他所体验过的东西摆在了他面前。他看得很清楚，能感觉到这场历险所带来的撕心裂肺、不可替代的东西。他知道，他现在可以死了。有些养老院专门接收老演员。

征服

“不，”征服者说，“别以为我爱行动就不必学会思考。相反，我可以明确断定我所相信的东西。因为我对它深信不疑，看得真切明白。小心这样对你说话的人：‘这事吗，我知道得太清楚了，就是说不出来。’假如他们说不出来，那是因为他们不知道或出于懒惰，止于表面。”

我并没有很多见解。到了生命的最后，人们发现自己花了很多年只确认了一个事实。但这个事实，只要它是真实的，就足以指导毕生的行为。对我来说，关于个人，我当然有话要说。应该毫不客气地说出来。如果可能，还要适当地带着蔑视。

一个人，如果沉默多于语言，那就更是条汉子。有很多事情我会保持沉默，但我坚信，所有评判个人的人，在给这种评判找证据时，都比我们缺乏经验。智力，动人的智力也许能预感到必须证实的东西。可时代，它的废墟和鲜血给了我们足够多的明显事实。某些古老的民族，甚至是最新民族，包括我们这个机器时代的人，都可能衡量社会与个人道德，寻思谁该为谁服务。首先可能出现这种情况：人的内心深处这种荒诞思想顽固至极。根据这种思想，人生来是为了奴役别人或被别人奴役的。无论是社会还是个人，谁都没有充分展现其所有的知识，这就让这种情况的发生更有可能。

我见过一些聪慧者，对诞生于佛兰德斯[1]血腥战争时期的荷兰画家的作品惊叹不已，对可怕的三十年残酷战争中，西西里神秘主义的晚祷激动万分。在他们看来，那些永恒的价值飘浮于世俗的喧嚣之上。但在这之后，就时过境迁了。今天的画家缺乏这种平静。尽管他们具有创作者所需的心，

①佛兰德斯：欧洲历史地区名，位于今法国西北部、荷兰南部和比利时西部。——译注

我说的是一颗冷酷的心，它还是没有派上任何用场。因为所有的人，包括圣人，都被动员起来了。这也许是我感受最深的地方。葬送在战壕中的每种形式，被钢铁碾碎的每一笔油彩，不管是比喻还是祈祷，都会让永恒失去一部分。我意识到自己无法与时间分开，便决定与它联合，所以才不那么重视个人，因为我觉得个人很渺小，也很耻辱。我知道并没有胜利的事业，所以我喜欢失败的事业：它需要一颗完整的灵魂，对于失败和短暂的胜利一视同仁。感到自己与这个世界的命运捆在一起的人，会觉得文明的冲击有些令人担忧。我把这种忧虑变成自己的忧虑，同时想看看自己的运气。在历史与永恒之间，我选择了历史，因为我喜欢确实存在的东西。历史，我至少可以确认它的存在。那种把我压碎的力量，我又怎能否认呢？

我们总会碰到必须在静观和行动之间做出选择的时候。这就叫作长大成人。这种撕裂非常痛苦，但对一颗骄傲的心来说，没有中间的道路可走。要么是上帝，要么是时间；要么是十字架，要么是剑。这个世界有一种更高的意义，它能超越自己的躁动不安。或者，除了这种躁动，没有任何东西是真实的。应该与时间共存亡，或者为了更伟大的人生而逃避它。我知道，人可以妥协，生活在当下，相信永恒，这叫接受。但我厌恶这个字眼，我要一切，或者什么都不要。如果我选择行动，别以为静观对我来说就像是一块陌生的土地。可它无法把一切都给我，我又被剥夺了永恒，所以我愿意与时间结盟。我不想让人把忧伤和痛苦都记在我的账上，只想把它看得清楚一些。我告诉您，明天您就得入伍。无论对您还是对我，这都是一种解放。个体什么都做不了，然而又什么都可以做。在这种美妙的自由当中，您会明白我为什么在赞扬它的同时又要压倒它。这个世界碾碎了它，是我解救了它，我把属于它的权利都给了它。

*

征服者知道，行动本身是没有用处的。只有一种有用的行动，那就是重新造人，创造大地。我永远不会重新造人，但应该做出“好像”在造人的样子。尽管受到侮辱，肉体仍是我唯一可以确定的东西。造物就是我的祖国，所以我才选择这种没有意义的荒诞努力，所以我才站在斗争一边。时代已准备就绪，这我已经说过。在这之前，征服者的伟大都体现在地理方面，根据所占土地的面积来衡量有多伟大。“伟大”这个词现在改变了意思，它不再指打胜仗的将军，这并不是没有原因。伟大转变了阵营，处于抗议与毫无前途的牺牲之中。在这一点上也同样，绝不是因为我们喜欢失败。胜利才是大家所希望的。但只有一种胜利，而且是永恒的，就是这种胜利我永远都不会拥有。这就是我栽跟头和被拉后腿的地方。革命总是以对抗众神而结束，从普罗米修斯的革命开始，他是现代的第一个征服者。这是人对命运的反诉：穷人的诉求不过是个借口，但我只能在人的历史行动中才能抓住这种精神，我也是在那里与之相会。不过，别以为我会热衷于此：面对本质矛盾，我支持自己的人性矛盾，把自己的清醒意识置于否认矛盾的东西当中。我直面压迫人的东西，赞扬人。我的自由、反抗和激情都汇聚在这种紧张、明智和不断地重复中。

是的，人是自身的目的，是自己唯一的目的。如果人希望得到什么东西，那就是活在今生今世。现在，我毕竟明白了。征服者有时会说起战胜与克服，但他们听到的永远是“自我克服”。您清楚地知道这是什么意思。有时候，所有的人都觉得自己与神没有什么区别，至少人们是这样说的。这是因为，他在一瞬间感到了人类精神伟大得惊人。人类当中那些感到自己的力量强大得足以永远生活在高处，并完全意识到这种伟大的人，才是征服者。这是一个算术问题，或多或少如此。

紧绷的面孔、受到威胁的博爱、人类之间如此强烈而羞怯的友谊，这才是真正的财富，因为它们不能持久。在它们当中，精神最能感到自己的权力与局限，也就是说，它的效率。但是天才，我更愿意说是智力，应该说，智力也可以非常了不起。它照亮了这片荒漠，并征服了它。它明白自己的奴役地位，表现得相当出色。它与这具身躯一同死去，但心里明白，这就是它的自由。

*

我们不是不知道，所有的教会都跟我们对着干。一颗如此紧张的心躲开了永恒，所有的教会，不管是神圣的还是政治的，都声称自己是永恒的。幸福、勇气、工资或正义，对它们来说都是第二位的。这是它们提出来的一个学说，必须服从。但我跟主张或永恒毫无关系。适合我的真理，手可以触摸到，我无法再与它们分开。所以，你们什么都不能建立在我身上：在征服者身上，没有任何东西是持久的，包括他的学说。

无论如何，在这一切的尽头，是死亡。这我们都知道。我们也知道死亡将终结一切。所以，遍布欧洲、困扰我们当中某些人的墓地才那么丑陋。人们只美化自己喜爱的东西，而死亡让我们感到厌恶和厌倦，它也在被征服的范围之内。帕多瓦[①]因鼠疫而变成空城，又被威尼斯人围困。被困在城

①帕多瓦：意大利城市。——译注

里的最后一个卡拉拉家族[1]的人，大叫着在空荡荡的宫殿大厅里走来走去。他在呼唤魔鬼，让魔鬼派来死神。这也是战胜死亡的一种办法。把死神自以为享受尊荣的地方弄得那么可怕，这也是西方人特有的勇敢表现。在反抗者的世界中，死神在赞扬非正义，它滥用权力到了无以复加的地步。

其他人也不妥协，他们选择了永恒，揭露这个世界的虚幻。他们的墓地在花海和鸟群中微笑。这很适合征服者，让他清楚地看到了他所拒绝的东西是什么样子。相反，他选择了铁围栏或无名壕沟。追求永恒的最杰出人士有时会感到一种恐慌，看到有些人能与自身的这种死亡形象共同生活，充满了敬意和怜悯。然而，后者却从中获得了力量和生存的理由。我们的命运就摆在面前，我们挑战的正是它，更多的是由于意识到自己的生存没有意义，而不是出于傲慢。同样，我们有时也同情自己。我觉得只有这种比较才能接受：某种你可能根本不懂的感情，你觉得它不够刚劲有力。然而，感

---

①卡拉拉家族：中世纪统治帕多瓦的意大利家族。——译注

受到它的，正是我们当中最大胆的人，不过，我们把最清醒的人叫作阳刚者，我们不需要某种与洞察力分离的力量。

再说一遍，这些形象所表现的并不是道德寓意，它们不涉及判断：那是一些图画，只代表某种生活风格。情人、演员和冒险家会做一些荒诞的事，但如果他们愿意，他们同样也可以做贞洁者、官员或共和国总统。知道就行了，没什么好遮掩的。在意大利的博物馆，我们有时能看到一些小画屏，教士拿来挡在囚犯面前，不让他们看见绞刑架。各种形式的跳跃、匆匆地扑向神性或永恒、沉迷于日常生活中的幻想或不切实际的空想，所有这些小画屏都在遮掩荒诞。但也有一些公职人员，他们没有画屏，我要谈的就是他们。

我选择了最极端的例子。荒诞到了那种程度，竟然给了他们一种王权。当然，那些国王并没有王国，但对别人有这种特权，即他们知道王国都是虚幻的。他们知道，这就是他们所有的伟大之处。想讲讲他们被掩盖的不幸或是幻想的灰烬，那都是徒劳的。被剥夺了希望，并不等于绝望。地上的火焰抵得上天上的香水。在这里，无论是我还是别的任何人，都无法对他们作出评判。他们并不想成为最优秀的人，而是试图成为矢志不渝的人。如果明智指的是一个人依靠自己所拥有的东西生活，不觊觎他没有的东西，那些人就是明智者。其中有一人，征服者，但出于精神；唐璜，出于认知；演员，出于智力，他知道得比谁都清楚："如果有人让自己温柔的宝贝小绵羊臻于完美，那他根本不配在地上和天上享有特权，因为在最好的情况下，人们会让这头亲爱而可笑的小绵羊不断走向完美，而它不过是长了两只角——还要保证不因虚荣而死去，保证他法官般的架势不会引起愤怒。"

无论如何，必须让荒诞的推理恢复最热情的面孔。想象力可以给荒诞增添许多其他面孔，它们被钉在时间上或被流放，但也知道如何适应一个没有前途、没有弱点的世界。在这个没有上帝的荒诞世界里，头脑清醒、对未来不再抱有希望的人越来越多。我还没说最荒诞的人物呢！那就是创作者。

三 荒诞创作

哲学与小说

这些生命在荒诞的稀薄空气中勉强维持，如果没有某种深刻而持久的思想的巨大鼓励，它们是没办法挺住的。尽管这里只是一种奇特的忠诚感，但我们看到一些觉悟了的人在最愚蠢的战争中完成了自己的任务，毫不相信自己处于矛盾之中，这是因为他们不逃避任何东西。所以说，也有一种形而上的幸福在支撑着世上的荒诞。征服或游戏、数不胜数的爱情、荒诞的反抗，这是人们在早知必败的战役中向自己的尊严致敬。

问题只在于恪守战斗规则。这种思想可能足以滋养某种精神：它曾经支持并且还在支持一些完整的文明。人们不否定战争。要么死于战争，要么因此而活着。荒诞也如此：必须与之同呼吸，承认荒诞的教训，找到这些教训的肉身。从这个角度来看，最典型的荒诞快乐，就是创作。“艺术，只有艺术，”尼采说，“我们有艺术，才能不死于真理。”

在我试图描述经验，并让人以众多形式感受它的过程中，一种痛苦的诞生，必然伴随着另一种痛苦的消失。幼稚地寻找遗忘，呼唤满足，现在都已经没有回应。但持久的张力让人面对世界，有序的疯狂逼他接受一切，给他留下了另一种狂热。在这个宇宙中，作品将成为唯一的机会，让他能保持自己的意识，并将意识的历险固定在上面。创作，就是活上两次。某个叫普鲁斯特的人满怀忧虑地摸索，细心地收集花朵、挂毯和忧伤，并没有任何别的意义。同时，普鲁斯特的创作，也不比演员、征服者和所有的荒诞者每天都投入其中的这种不可估量的不断创作更有意义。大家都努力模仿、重复和重新创造属于自己的现实。我们最后总会拥有自己的真实面孔。对一个躲避永恒的人来说，整个人生，不过是戴着荒诞的面具在进行大量模仿。创作，就是最大的模仿。

这些人早已心知肚明，之后，要全力以赴地跑遍、扩大和丰富他们刚刚登陆的没有未来的岛屿。但首先必须心中有数。因为荒诞的发现恰逢时间暂停，未来的激情在那时形成并变得合法化了。甚至连没有福音的人也有他们的橄榄山[①]。在他们的山上，他们同样也不应该睡着。对于荒诞人，问题不再是解释和解决问题，而是体验和描述。一切都始于具有洞察力的冷漠。

描写，是某种荒诞精神的最后野心。科学也同样，到了自身悖论的最后，不再提出什么，而是停下来观察和描绘各种现象永远纯洁的风景。心由此明白，让我们看到世界的面貌而产生的这种激情并非来自心底，而是因为世界的面貌丰富多变。解释是徒劳的，但感觉不灭，而且，伴随着它的，是一个在数量上取之不尽的宇宙不停地呼唤。这时，我们才明白艺术作品的地位。

---

①橄榄山：耶路撒冷东边的圣山。据《圣经》记载，耶稣到橄榄山给门徒讲道，不准他们睡觉，以免受到迷惑。——译注

艺术作品同时也标志着某种经验的死亡与繁衍。它就像单调而充满激情的重复，其主题已被世人编配：身体、神庙的三角楣上一再重复的形象，形式或彩色，数目或灾难。所以，最终在创作者美丽而纯洁的世界上找到本书的主题，并不是可有可无的事。如果在其中看到一个象征，如果以为艺术作品最终可以被看作荒诞的一个避难处，那就错了。它本身就是一种荒诞现象，只不过仅描述荒诞，却不能给精神痛苦以出路。相反，它是这种痛苦的迹象之一，这种痛苦会回荡在一个人的全部思想中。但它第一次让精神走出自身，置于别人面前，不是使其迷失方向，而是明确给精神指出那条人人都会走入其中，却没有出口的道路。在荒诞推理时期，创作跟随着冷淡和发现，标明荒诞激情的冲击点和推理停止之处，它在本书的地位也就因此而确立了。

揭示几个创作者和思想者共同的主题，应该就足以在艺术作品中发现思想介入荒诞时遇到的种种矛盾。事实上，这并不是产生亲缘智力的相同结论，更多是它们共同的矛盾。

思想和创作就是这样。我几乎没有必要说，是同一痛苦促使人们走向了这种态度。在那里出发时，这些态度是互相吻合的。但在所有来自荒诞的思想当中，我看到很少能在那里坚持住。根据它们的差距或是不忠，我掂量得最准的，是只属于荒诞的东西。同样，我应该自问：一部荒诞的作品，它有可能存在吗？

*

艺术与哲学自古以来就水火不容，现在，人们应该不会过于强调这种专断了。如果我们想较真儿，想确切地理解它，这种对立无疑是不对的。一方面是封闭在其体系“中间”的哲学家，另一方面是站在自己作品面前的艺术家，他们之间的矛盾，构成了唯一可以接受的论据。但这只对在此被我们认为不那么重要的某种艺术和哲学形式才有价值。脱离创作者的艺术观念不仅是过时的，而且是不正确的。有人指出，与艺术家相反，哲学家从来就没有创造过很多体系。此话不假，但前提是，没有一个艺术家在不同的面孔下表达过超过一种以上的东西。艺术的完美是瞬间的，需要不断更新，这种看法只有在抱有偏见的前提下才是正确的。因为艺术作品也是一种建造，大家都知道伟大的艺术家可能会单调到什么程度。艺术家和思想家一样要身体力行，在自己的作品中成长。这种互相影响提出了最重要的美学问题。而且，对于相信精神目标一致性的人来说，没什么比根据方式和目标进行区分更徒劳的了。在人们为了理解和热爱而设立的学科之间，并没有界限。它们互相渗透，同样的焦虑把它们混合了起来。

一开始就有必要说清楚。为了让一部荒诞作品成为可能，思想必须以最清醒的形式参与其中。但与此同时，它又丝毫不能在里面显现出来，要不就作为智力来发号施令。这种矛盾可以根据荒诞来解释。艺术作品的诞生是由于智力不再推理具象，这标志着形体的胜利。清醒的思想激发了艺术作品，但在这行为发生的同时，它也放弃了自己，没能经受住诱惑，仍在描述中过多地增添某种更深刻的意义，尽管它明知这种意义是不合理的。艺术作品代表着智力的一种悲剧，但它作出的证明是间接的。荒诞作品要求艺术家意识到这些局限，要求艺术中的具体内容不超出自身。它不能是人生的结局、意义和安慰。创作或者不创作，这改变不了任何东西。荒诞的创作者并不坚持自己的作品，他可能会放弃它，有时也确实放弃了。一个阿比西尼亚[①]就够了。

在这里，人们可以同时看到某条美学原则。真正的艺术作品永远是符合人性的。它指的主要是那些说得“少”的作品。艺术家的整体经验和作品对它的反映，二者之间存在着某种关系，正如威廉·迈斯特[②]和成熟时期的歌德的关系一样。当作品声称它把所有的经验都写进了一部解释性文学的花边纸上时，这种关系是不佳的；当作品只是经验中雕琢下来的一小块，是钻石的一面，但内部的光泽全都集中在那儿，这种关系才是好的。在第一种情况下，有超载和自诩永

①阿比西尼亚：即今埃塞俄比亚。这里暗指死亡。传说，法国象征派诗人兰波于1880年死于埃塞俄比亚的哈勒尔。这并非事实，但以讹传讹，使那里成了死亡的象征。——译注

②威廉·迈斯特：歌德“威廉·迈斯特系列小说”中的主人公。——译注

恒之嫌；在第二种情况下，作品会由于经验而显得丰厚，人们会推测这种经验很丰富。对荒诞艺术家来说，问题在于获得超越生活技能之外的处世之道。最后，处于这种环境下的大艺术家首先是个深谙处世之道的高人，懂得活在人间既是感受也是思考。所以，作品是智力悲剧的化身。荒诞作品表明思想放弃自己的声望，只追求智力，而智力展现表象，用形象来填满没有理性的东西。如果说世界是清楚的，艺术则不是。

我在这里说的不是形式艺术或色彩艺术，在这两种艺术中，占优势的是辉煌而谦逊的描绘。[①]表现始于思维结束之处。拥挤在教堂和博物馆里的那些目光无神的青少年，人们把他们的哲学变成动作。对一个荒诞人来说，这种哲学比所有的图书馆都更有教益。从另一个角度来看，音乐也同样。如果有一种艺术不用教，那就是音乐。音乐与数学太相像了，不能不借用数学的无理性。精神自娱游戏，根据某些约

---

①我们好奇地看到，最有智力的绘画，虽然努力把现实压缩成基本要素，最后也只能为了愉悦眼睛。世界在这样的画中只留下了色彩。——原注

定和适度的规则，在我们这有声空间里举行。而在这个空间之外，阵阵颤动汇成一个非人的宇宙。绝对没有比这更纯粹的感觉了。这种例子数不胜数。荒诞人认为这些和谐与形式都属于他。

但我在这里想谈一种著作，它解释的企图最为强烈，幻想油然而生，结论几乎必不可少。我说的是小说创作。我在寻思，荒诞在小说创作中是否能坚持得住。

*

思想，首先是想创造一个世界（或限定自己的世界，这其实是一回事）。人与自身的经验是分离的，以这一基本的分歧为出发点，根据人对过去的回忆，找到一个融洽之地，一个被理性束缚或被类似的东西照亮的天地，从而解决令人难以忍受的分离。哲学家也是创造者，哪怕是康德。他有自己的人物、象征和隐秘行动，有自己的结局。相反，小说超越了诗歌和评论文，只象征艺术最大限度的理性化，尽管是表象上的。要搞清楚，这里指的主要是那些最伟大的小说。小说有自己的逻辑、推理和直觉，对清晰也有自己的要求。①

在这种特殊情况下，我前面提到的古老对立就显得不合理了。只有很容易就能把哲学与其作者分开的时候，这种对立才有价值。今天，思想不再自诩普世了， 它最美的历史将是自己的悔恨史。我们知道，这种体系，当它有价值的时候，就不会跟作者分开。

《伦理学》②就其某个侧面来说，不过是一种冗长而严厉的自白，抽象思维最后会回归其肉身。同样，身体与激情的小说游戏会根据世界观的要求作出安排。人们不再讲述“故事”，而是创造自己的世界。伟大的小说家都是哲学小

---

①不妨思考一下：它解释了什么是最差的小说。几乎所有人都以为自己能思考，从某种程度上来说，不管好坏，大家确实在思考。相反，很少人能想象自己是诗人或写手。但当思想的价值超过风格时，民众就大量涌向小说。这样说并不是多大的坏事。最优秀的小说家总会对自己提出更严格的要求。至于那些倒下的，他们不配继续活着。——原注

②《伦理学》：荷兰哲学家斯宾诺莎（1632—1677）的代表作。——译注

说家，也就是命题作家的对立面。我只列举几个例子，比如巴尔扎克、萨德、麦尔维尔、斯丹达尔、陀思妥耶夫斯基、普鲁斯特、马尔罗、卡夫卡……

选择用形象而不是推理来写作，恰恰揭示了它们的某种共同思想。这种思想认为，任何解释原则都是无用的，感性的表象带有教育意义的信息。他们把作品既当作结尾也当作开头。它是某种往往不做解释的哲学的结果、说明和完美结局，但它只有通过这种哲学的暗示意义才显得完整。最后，它让某种古老主题的多变性显得合理了。这种主题，少许思想会让它离开生活，但思想多了又能让它回归生活。我们所说的小说就是这种认识的工具，它既相对又取之不竭，与关于爱情的认识非常相似。关于爱情，小说有非常美好的初恋和相当丰富的回味。

*

至少开始的时候我承认小说有这种魅力。但我以前也曾承认，那些思想受到侮辱的杰出人物也有这种魅力。让我感兴趣的，是认识和描述把它们带回幻想这一共同道路上的力量。所以，同样的方法在这里对我也会有用。我已经使用过这个办法，它能让我压缩推理，根据具体的例子及时对这种推理做出概括。我想知道，如果同意义无反顾地生活，人们是否也会义无反顾地工作和创造，又是哪条路通往这些自由。我想让我的世界摆脱这些幽灵，只让我不能否定其存在的有血有肉的真实居住其中。我可以创作荒诞作品，选择这种创作态度而不是别的态度。但一种荒诞态度想如此存在，就必须始终意识到自己是无动机的。作品也是如此。如果说荒诞的要求在那里没有受到尊重，如果荒诞没有反映分离和反抗，如果它屈服于幻想，激发了希望，它就不再是无动力的了，我再也无法与它分离。我的生命可以从中找到一种意义：这是很可笑的。它不再是分离和激情的练习，那种练习耗尽了人们一生中的辉煌与无用。

在解释的意图十分强烈的创作中，人们能抵挡得住吗？在虚构世界里，对真实世界的意识非常强烈，我能一直忠于荒诞、抵制下结论的欲望吗？在最后的努力中还有那么多问题要考虑，我们已经明白那是些什么问题。这是某种意识的最后顾虑，担心以最后的幻想为代价，抛弃最初的艰难教育。创作被当作意识到荒诞的人可能采取的态度之一，对创作有价值的东西，对提供给他的所有生活方式也有价值。不管是征服者还是演员，也不管是创作者还是唐璜，他们都可能会忘记，如果他们意识不到生活的无理性，这种实践是无法进行下去的。人们适应得太快了。人们想赚钱，以便能幸福地生活。所有的努力和最美好的生活都集中在赚钱上。幸福被遗忘了，手段被当作了目的。同样，这个征服者的所有努力都偏离了方向，转而去实现野心，而这种野心不过是通往更伟大的生活的一条道路。唐璜也会接受这种命运，满足于这种存在，这种存在的伟大只因反抗才有价值。对前者来说是意识，对后者来说是反抗，在这两种情况下，荒诞都消失了，而在人类的心中，有那么多执着的希望。最贫穷的人到了最后有时也会相信这种幻想。由于需要安宁而同意，跟因存在而同意是一对亲兄弟，所以才有光明之神和污泥偶像。但他必须找到的，是通往他所寻找的人类面孔的那条中间之路。

在此之前，是荒诞苛求的失败让我们清楚地认识了荒诞。同样，只需提醒我们注意，小说创作可能跟某些哲学一样，会给人以模棱两可的感觉。我可以选择一部包含一切的著作来阐明，它表明，荒诞意识的起点是清楚的，氛围是清醒的。这种意识的结果将对我们有教益。如果说荒诞在其中得不到尊重，我们将知道幻想是通过什么途径混进去的。一个具体的例子，一个题材，创作者的一种忠诚就足矣。此处的分析是同样的，已经详尽讲过。

我将研讨陀思妥耶夫斯基喜欢的一个题材。我也完全可以研究别的作品[①]。但这一部，在伟大与激情方面的研究很直接，正如上文对存在思想的研究一样。这种平行研究有助于我达到目的。

---

①比如说马尔罗的作品。但同时不得不涉及社会问题，而社会问题是不能通过荒谬思想来回避的（尽管它能给社会问题的解决提供许多十分不一样的办法）。然而，应该适可而止。——原注

基里洛夫[1]

陀思妥耶夫斯基作品中的所有主人公都在质疑人生的意义。在这一点上，他们是现代人：他们不怕沦为笑柄。现代敏感性与古代敏感性的区别，在于前者专注于道德问题，后者关心的是形而上问题。在陀思妥耶夫斯基的小说中，这个问题被这么尖锐地提出来，不能不采取极端的解决办法。生存是虚假或永恒的，如果陀思妥耶夫斯基满足于这一审视，他就是哲学家了。但他表现的是这些精神游戏在一个人的生活中可能产生的后果，所以他是艺术家。在这些后果中，最

①基里洛夫：陀思妥耶夫斯基的小说《群魔》中的人物，工程师，信奉所谓的“人—神”思想。——译注

后一个吸引了他，即他本人在《作家日记》中所称的“逻辑的自杀”。在1876年12月的那个分册中，他确实在想象“逻辑的自杀”的推理。这个失望者相信，对一个不相信不朽的人来说，人生完全是荒诞的。他得出了以下结论：

> 既然对我提出的幸福问题，我通过我的意识得到了回答：我只有与宇宙万物保持和谐才能幸福；我无法设想，永远也无法处于设想状态，这显而易见……
>
> 既然我最终同时扮演原告、担保人、被告和法官的角色是自然而然的；既然我觉得来自大自然的这一喜剧是完全愚蠢的，我甚至觉得同意扮演这个角色都是一种侮辱……
>
> 作为无可辩驳的原告、担保人、被告和法官，我判处如此厚颜无耻、肆无忌惮地让我生出来受苦的大自然——判处它和我一同消失。

在这种立场中还有点幽默的成分。这个自杀者之所以自杀，是因为在精神层面恼羞成怒。从某种意义上来说，他在进行报复。他这是在证明别人“制服不了他”。然而，人们都知道，同样的主题，更加广泛地体现在《群魔》中的人物基里洛夫身上，那也是一个支持有逻辑地自杀的人。工程师基里洛夫在某处宣称，他想剥夺自己的生命，因为“这是他自己的主张”。大家都很明白，在这里，他说的“主张”是这个词的本义，并没有引申义。就是为了一个主张、一种思想他才准备去死。剧中，随着基里洛夫的面具慢慢揭开，刺激他的致命思想抖落在我们面前。实际上，这位工程师照搬了《日记》中的推理。他感到上帝是必要的，上帝必须存在。但他内心深处又怀疑上帝是否真的存在。“你怎么能不明白，”他大声叫道，“这就足以成为自杀的理由？”这种态度也在他身上引起了某些荒诞的结果。他在漫不经心中同意别人利用他的自杀，为他所蔑视的事业服务。“昨天夜里，我已经下定决心，这事对我无关紧要。”“我之所以自杀，是为了表明我的不屈从，表明我新的、可怕的自由。”这里说的不再是复仇，而是反抗。

推理具有古典的清晰。如果上帝存在，基里洛夫就是神。如果上帝不存在，基里洛夫就必须自杀。所以，要成为神，基里洛夫就必须自杀。这种逻辑很荒诞，但必须这样。不过，给这个被贬尘世的神灵以某种意义，这很有趣。这等于弄清了这个前提："如果上帝不存在，我就是神。"这个前提还是很晦涩。首先必须指出，表现出这种疯狂自负的人确实属于这个世界，这很重要。他每天早上都做操，以保持自己的健康。沙托夫[①]重新找到了自己的妻子，欣喜若狂，这让基里洛夫感到很激动。人们在他死后，发现了一张纸，他在上面画了一张脸，对着"他们"吐舌头。他幼稚、愤怒、激动、敏感、有条理。对于超人，他只有他们的逻辑和成见；对于人，他拥有他们的全部。然而，他是在不慌不忙地谈论自己的神性。他没有疯，要么是陀思妥耶夫斯基疯了。所以，让他激动的并不是狂妄自大的幻觉。这次，如果咬文嚼字、就事论事，那就显得可笑了。

①沙托夫：《群魔》中的人物，基里洛夫的流亡难友，"神—人"崇拜者，由无神论者转而笃信宗教。——译注

基里洛夫本人能帮助我们更好地了解。关于斯塔夫罗金提出的一个问题，他明确地说，他说的不是一个神人。人们可能会以为，这是因为担心与基督区分开来，而事实上他这是想将基督归属自己。其实，基里洛夫有一阵子曾想象垂死的耶稣“并未回天堂”。那时他才明白他的折磨是徒劳的。“自然法则，”这位工程师说，“让耶稣生活在谎言中，并为谎言而死。”只有在这个意义上，耶稣才确实代表着整个人类悲剧。他是完美的人，因为他实现了最荒诞的生活状态。他不是神人，而是人神。像他一样，我们每个人都可能被钉在十字架上，受到愚弄——在某种程度上也成了人神。

因此，他所说的神性完全是人间的事。“神性的特点，”基里洛夫说，“我寻找了三年，现在我找到了。神性的特点，就是独立。”从此，人们看清了基里洛夫的前提条件是什么意思：“如果上帝不存在，我就是神。”成为神，不过是在这个地球上获得自由，不为不朽者服务，当然，尤其意味着从这种痛苦的独立中得出结论。如果上帝存在，一切都取决于他，我们完全不能违背他的意志；如果上帝不存在，一切都取决于我们。对基里洛夫犹如对尼采一样，杀死上帝，就是成为神本身。[①]

但是，如果这种形而上的罪恶足以让人得到完善，为什么还要增加自杀？为什么在征服自由之后还要自杀，离开这个世界？这是矛盾的。对此，基里洛夫知道得很清楚，他补充说："如果你感觉到这点，你就是个沙皇，远远不会自杀，你将生活在荣誉的顶峰。"但人们并不知道，感觉不到"这一点"。正如在普罗米修斯时代，人们抱有盲目的希望，需要别人给他们指路，离不开别人的说教。所以，基里洛夫会出于对人类的爱而自杀。他应该给他的兄弟们指明一条光明而艰难的大路，自己带头走到前面。这是一种符合教学法的自杀，基里洛夫因此作出了牺牲。但如果说他被钉在十字架上，他并没有受骗。他仍然相信自己会死，没有前途，充满了《福音书》中的那种忧伤。他说："我很不幸，因为我被迫确认自己是自由的。"但他死了，人们终于明

①斯塔夫罗金说："您以为永恒的生活在来世？"基里洛夫回答说："不，永恒的生活在现世。"——原注

白，这个世界上将充满沙皇，被人类的荣光所照亮。结束基里洛夫生命的枪声将意味着终极革命。所以，促使他走向死亡的不是失望， 而是众人对他的爱。在鲜血中结束难以描述的精神历险之前，基里洛夫说了一句跟人类的痛苦一样古老的话：“一切皆善。”

在陀思妥耶夫斯基的作品中，自杀这个主题确实是个荒诞主题。在深入研究之前，我们只需指出，基里洛夫在其他人物身上复活了，引出了新的荒诞主题。斯塔夫罗金和伊万·卡拉马佐夫在实际生活中运用了荒诞真理。基里洛夫的死让他们获得了解放，他们试图当沙皇。斯塔夫罗金过着一种“讽刺性”的生活，我们都非常清楚那是一种什么生活，他激起周边人对他的仇恨。然而，这个人物的关键语在他的告别信中：“我对什么都恨不起来。”他是处在冷漠中的沙皇。 伊万也同样，拒绝放弃精神上的王权。对那些用自己的生命来证明要当信徒就必须忍受侮辱的人，包括他的兄弟，他可以回答说，那种生活状态太恶劣。他的关键语是“一切皆可”，带有一点点合理的忧伤。当然，像上帝最著名的谋杀犯尼采那样，他最后也疯了。但这是一种该冒的风险，面对这些悲剧性的结局，荒诞精神的基本反应就是问：“这证明了什么？”

*

所以，小说也像《日记》一样，提出了荒诞问题，确立了直至死亡的逻辑，以及激情、“可怕的”自由。一切皆善，一切皆可，没有任何东西是可恨的：这是一些荒诞的判断。但这是多么有才能的创作啊！这些冰与火中的人物在我们看来是那么熟悉。冷漠的激情世界在他们心中咆哮，我们一点都不觉得可怕。我们从中看到了我们的日常忧虑。也许没有一个人能像陀思妥耶夫斯基那样，给这个荒诞世界如此贴近、如此折磨人的魅力。

那他的结论是什么呢？两句引文将表明，形而上的完全颠倒引导这位作家发现了其他东西。逻辑自杀的推理引起了批评家们的某些抗议后，陀思妥耶夫斯基在《日记》后来出版的几个分册中进一步阐述了自己的立场，他这样总结道："相信不朽对人类如此必要（否则，人类会自杀），那是因为这是人类的正常状态。既然如此，人类灵魂的不朽无疑是存在的。"另一方面，在他最后一部小说的最后几页，与上帝发生的大战结束时，几个孩子问阿辽沙[①]："卡拉马佐夫，宗教说，我们会在死者中复活，我们还会重逢，这是真的吗？"阿辽沙回答说："真的，我们会重逢的，我们会开心地互相讲述过去所发生的一切。"

就这样，基里洛夫、斯塔夫罗金和伊万被打败了。《卡拉马佐夫兄弟》回答了《群魔》。这确实是一个结论。阿辽沙的情况不像梅思金[②]公爵那么模糊，后者病病恹恹，永远生活在当下，脸带微笑，无动于衷，这种幸福的状态可能就是公爵所说的永恒生命。相反，阿辽沙明确地说："我们会重逢的。"这就跟自杀与疯狂无关了。对于确信自己将不朽与欢乐的人来说，自杀有什么好处呢？人们用自己的神性来

①阿辽沙：老卡拉马佐夫的小儿子。——译注

②梅思金：陀思妥耶夫斯基的小说《白痴》中的人物。——译注

换取幸福。“我们会开心地互相讲述过去所发生的一切。”因此，基里洛夫的手枪会在俄罗斯的什么地方扣响了，但世人继续抱着自己盲目的希望。人类没有明白“这一点”是什么意思。

所以，跟我们说话的不是一个荒诞的小说家，而是一个存在小说家。同样地，那一跳非常动人，让给他以灵感的艺术显得非常崇高。这种认同十分感人，带有疑惑，不是很确定，但充满热情。谈起《卡拉马佐夫兄弟》时，陀思妥耶夫斯基这样写道：“贯穿这本书各部分的主要问题，与我毕生有意或无意受其折磨的是同一个：上帝的存在。”

很难相信，一部小说就足以把毕生所受的苦难变成快乐的确信。有个评论家[①]说得好：

陀思妥耶夫斯基部分地与伊万联手——《卡拉马佐夫兄弟》的那些章节确定下来，花了他三个月时间，而他称为“亵渎神明的话”那部分只花了三个星期就在激动中写成

①指鲍里斯·德·施莱泽。——原注（施莱泽为《群魔》的法文译者。——译注）

了。他的人物没有一个不肉中带刺，没有一个不让他生气，大家都在感觉中或不道德中寻找医治的办法。[1]不管怎么样，让我们存疑吧！半明半暗的光线比强光更吸引人，在那种昏暗之中，我们可以明白那人为什么要与自己的希望作斗争。到了最后，创作者选择反对自己创作的人物，这种矛盾让我们得以引入一种微妙的差别。这不是一幅荒诞作品，而是一部提出荒诞这个问题的作品。

陀思妥耶夫斯基的回答是屈辱，用斯塔夫罗金的话来说是“可耻”。相反，荒诞作品不提供答案，这就是所有的区别。请注意，作为结束，我要强调一点：这部作品中反荒诞的，并不是它的基督教特点，而是它用未来的生活所作的宣言。人可以同时是基督徒和荒诞者，有些基督徒并不相信来世。关于艺术作品，强调荒诞分析的某个方向是可能的，那种分析我们在上文就可以预感到。它会让人提出“福音书的荒诞”这个问题，弄清反弹的观念：信念并不妨碍人们怀疑

①纪德新奇而尖锐的批评：陀思妥耶夫斯基小说中的主人公几乎全是多配偶的。——原注

上帝。相反，人们看得很清楚，《群魔》的作者熟悉这条道路，最后却选择了一条完全不同的道路。创作者惊人地回答其人物的话，不管是陀思妥耶夫斯基还是基里洛夫，其实都可以这样归纳：存在是虚幻的，但又是永恒的。

没有前途的创作

所以，我发觉，希望无法永远回避，它甚至会攻击那些想摆脱它的人。这就是我在上述作品中发现的有意义的地方。我至少可以在创作方面列数几部真正的荒诞作品。[①]但凡事都应该有个开头。这一研究的对象，是某种忠诚。但诺斯替教派[②]信徒勇敢的历史和摩尼教派[③]的执着，对创立东正

---

①比如说麦尔维尔的《白鲸》。——原注

②诺斯替教派：基督教异端派别，该教派亦译“灵智派”“神知派”。罗马帝国时期在地中海东部沿岸各地流行的许多神秘主义教派的统称。该派把精神世界看成善的，把身体看成恶的，身体是囚禁人生的监狱，只有消灭肉体才可以得到解脱。——译注

③摩尼教派：源自古代波斯祆教，为公元3世纪中叶波斯人摩尼所创立、在巴比伦兴起的世界性宗教。摩尼教主要吸收犹太教—基督教等教义而形成自己的信仰，同时也采纳了不少琐罗亚斯德教的成分，传播到东方以后，又染上了一些佛教色彩。——译注

教教条的贡献比所有祈祷都大。相比之下，荒诞也是如此。人们发现道路远离荒诞的同时，认出了自己的道路。甚至在荒诞推理的终点，在受其逻辑支配的某种态度当中，重新发现仍躲在让人心酸的面具下的希望，这也相当重要。这表明荒诞的苦行是多么艰难，更表明要不断保持觉悟，回到本书的总体框架中来。

如果说，现在还不到清点荒诞著作的时候，我们至少可以就创作态度作一结论，这是可以补足荒诞存在的态度之一。没有什么比一种否定的思想更能服务于艺术了，它谦卑而低调的方法，对理解一部伟大的作品来说是十分必要的，就像白需要黑一样。“白白地”工作和创作，用黏土雕塑，知道自己的创作没有前途，看到自己的作品将来会被破坏，同时深刻地意识到，创造流传数百年的作品现在已经不再重要，这是荒诞思想所允许的难得的智慧。一方面否定，另一方面激励，同时完成这两个任务，这是摆在荒诞作品的创作者面前的道路。他必须给虚无以色彩。

这就导致了关于艺术作品的一种特殊观念。人们往往把创作者的作品当作一系列孤立的证据，这就把艺术家和文人混为一谈了。一种深刻的思想总是处于不断地成长过程中，结合生活经验，逐渐形成。同样，一个人独一无二的创作，是在他相继而来的多重面孔中得到加强的，这种面孔就是他的作品。作品之间互相补充、纠正或弥补，有时也互相对立。如果有什么东西可以终结创作，那一定不是盲目的艺术家得意而虚幻的叫喊：“我道尽了一切”，而是创作者的死亡关闭了他的经验，合上了他的才能这本书。

这种努力，这种超人的意识不一定出现在读者面前。人类的创作并无秘密可言，意志创造了这种奇迹，但没有秘密的创作至少不是真正的创作。也许一系列作品不过是同一思想的近似阐述，但我们可以设想另一类创作者，他们通过并列法来创作。他们的作品互相之间好像没有关系。从某种程度上来说，它们是矛盾的。但一旦回归整体，它们就恢复了原来的秩序。它们从死亡中得到了最终的意义，接受作者生命本身最明亮的光芒。那时，这些作品的后续不过是失败的堆积。但如果这些失败都保持同样的共鸣，创作者就能重复其自身生存状况的形象，让他所掌握的那点可怜的秘密产生反响。

此处的控制力非常强大，但人类的智力绰绰有余，它只揭示创造有意愿的一面。我在别的地方曾经强调，人类的意志除了保持意识没有其他目的。但没有纪律是行不通的，相比于忍耐派和清醒派，创造派是最有效的，它也是人类唯一的尊严震撼人心的证明：顽强反抗自身的生存条件，坚持不懈，尽管这种努力被认为是没有结果的。它需要日复一日的努力，自我控制，准确估计真实的界限，需要分寸和力量。创造是一种苦行。这一切“什么都不为”，或者只为了重复与原地踏步。但也许伟大的艺术作品其重要性并不在自己本身，而在于它要求别人接受考验，给别人提供战胜心中的幽灵的机会，更加接近自我的赤裸的现实。

*

请不要误解美学。我在此援引的，并不是某篇论文考验人们耐心的内容，也不是劳而无获地对某个问题所做的不断阐述。假如我解释得清清楚楚，结果会恰恰相反。主题小说，用来证明什么的作品——这是所有作品中最让人讨厌的——往往都受某种“踌躇满志”的思想启发。人们以为掌握了真理，便急于展示，然而，推出来的是一些观念，而观念是思想的对立面。那些创作者是羞愧的哲学家，我所说或想象的则相反，是一些清醒的思想家。在思想反省的某个点上，他们树立自己作品的形象，作为某种有限、致命、反叛的思想的明显象征。

这些作品也许真的能证明某些东西。但这些证据，小说家更多是留给自己而不是提供给别人。关键是他们在具体的事情上成功了，这就是他们的伟大之处。这种有血有肉的胜利，是由某种抽象能力受到侮辱的思想为他们准备的。当这种思想受辱的时候，肉体立即就让创作闪耀它荒诞的光芒。正是反讽的哲学让作品热情奔放。

所有放弃统一性的思想都会激发多样性。多样性是艺术的家园。唯一能解放精神的思想，是让精神独处，肯定自身的局限和即将到来的结局。任何学说都无法吸引它，它等待作品与生活的成熟。作品一旦离开了精神，将再次让人听到一个振聋发聩的声音，那是一个无望的灵魂发出来的。或者，如果创作者厌倦了自己的游戏，打算改弦易辙，作品就会让人什么都听不到。这是同一回事。

*

所以，我要求荒诞创作的，正是我苛求思想的东西：反抗、自由和多样性。荒诞创作接着会表现出自己极大的无用性。在日常努力中，智力和激情互相混合，互相提携，荒诞人发现了将成为自己主要力量的一种守则。必不可少的认真、执着和洞察力，就这样与征服者的态度会合了。创作，就是给自己的命运以某种形式。对所有这些人物来说，作品至少像它被他们确定那样确定他们。演员告诉我们：表象与存在之间并无界限。

让我们重复一遍。这一切都没有真正的意义。在自由这条路上，还要再进一步。对这些有着亲缘关系的精神来说，无论它们属于创作者还是征服者，最后的努力都在于要懂得摆脱自己的事业，最后承认作品本身，承认不管是征服、爱情还是创作都可以不存在，由此结束个人生活的巨大无用性。这甚至能让他们更容易地完成这一作品，正如发现生活的荒诞能让他们毫无节制地投入其中。

剩下的，就是命运了，其唯一的出路是致命的。除了死亡这唯一注定的命运，一切，或欢乐或幸福，都是自由。世界依然存在，人是世界的唯一主人。把他与世界联系起来的，是对另一个世界的幻想。他的思想的命运不再是自我放弃，而是化成形象，重新活跃。它开始表演——也许是在神话中——但这种神话的深度跟人类的痛苦一样深，同样源源不断。不是让人愉快和盲目的神圣寓言，而是人间的面貌、动作和悲剧，浓缩了一种痛苦的智慧和一种没有前途的激情。

西西弗神话

众神罚西西弗不断地把一块巨石推到山顶，巨石因自身重量从山顶滚下来。他们不无道理地认为，没有比徒劳无望更大的惩罚了。

如果相信荷马的说法，西西弗是最智慧、最谨慎的凡人。然而，根据另一个传说，他却倾向于当强盗。我并不觉得这里面有什么矛盾。他为什么心甘情愿地成为地狱里一个徒劳无望的劳动者？关于他的动机，众说纷纭。人们首先指责他对众神不敬，泄露了众神的秘密。阿波索斯[①]的女儿埃

①阿波索斯：古希腊神话人物，河神。——译注

癸娜被朱庇特[①]劫走了，父亲对女儿的失踪感到非常惊讶，便去向西西弗抱怨。西西弗已经知道了绑架的秘密，答应告诉阿波索斯，条件是阿波索斯要给科林斯[②]小城堡供水。比起天上的霹雳，他更喜欢水的恩泽。他因此被打入地狱。荷马还告诉我们，西西弗曾用链条拴住了死神。普鲁托[③]看到自己的王国变得那么荒凉沉寂，无法忍受，派战神把死神从胜利者手中解救了出来。

人们还说，西西弗临死之前，还冒失地想考验妻子对他的爱，要她不要埋葬他的尸体，而是把它丢弃到公共广场中央。西西弗来到地狱之后，对妻子这种如此有违人类之爱的服从感到十分气愤，他获得普鲁托的允许，回到人间来惩罚妻子。但当他重新看到这个世界的面貌，尝过水，晒了太阳，感受到温暖的石头和大海之后，他便再也不愿回到地狱的黑

①朱庇特：古罗马神话里统领神域和凡间的众神之王，即古希腊神话中的宙斯。——译注

②科林斯：希腊港口城市。——译注

③普鲁托：古罗马神话中的冥王，灵魂世界的主宰者，原义为“富有的”，因为冥王被认为是掌管地下财富并从地下赋予人间收成的神。——译注

暗中去了。召唤、愤怒和警告一概无济于事。面对弯曲的海湾、明亮的大海和微笑的大地，他生活了很多年。众神得制止他。墨丘利[1]下凡，一把抓住这个胆大妄为者的衣领，剥夺了他的快乐，强行把他带回地狱，那块巨石已经给他准备好了。

现在，大家都知道西西弗是个荒诞英雄。他成为英雄更多的是由于他的激情而非痛苦。他蔑视众神，仇恨死亡，热爱生活，所以遭受了这种难以描述的苦难：竭尽毕生力量也无法完成。这是必须付出的代价，谁让他那么喜欢人间呢？西西弗在地狱里的情景，我们一无所知。于是神话诞生了，让想象力来活跃它。对于西西弗，人们只看到他使劲地挺直身体，扛起巨石，把它推上山去，一而再，再而三；只见他咬紧牙关，面颊贴着石头，借助肩膀的力量，顶着布满黏土的巨石，一脚撑住，双臂紧抓，两手布满泥土，显出人类的那种扎实稳当。看不见天空，数不尽时间，经过漫长的巨

---

①墨丘利：古罗马神话中诸神的使者，即古希腊神话中的赫尔墨斯。——译注

大努力，目的终于达到了。然后，西西弗眼睁睁看着这块巨石不一会儿就滚到了山脚，他又得重新把它推上山顶。于是他又下山来到平原。

不过，西西弗让我感兴趣的，正是这种往返和短暂的休息。一张挨得离石头那么近的痛苦的脸，本身就已经是石头了！我看着这个人迈着沉重而均匀的步伐重新下山，走向他不知尽头的磨难。这一刻，就像呼吸，就像他的痛苦，肯定会重新再来。那一刻，意识是清醒的。当他离开山顶，慢慢地深入众神的洞穴，那每时每刻，他都超越了自己的命运。他比那块巨石还要坚硬。

这个神话十分悲壮，因为神话的主人公是有意识的。如果每一步都有成功的希望支撑着他，他的痛苦又从何谈起？今天的工人，一辈子天天工作，做着同样的活，这种命运同样荒诞，但只有在他罕见地意识到这一点的时候，这种命运才是悲惨的。西西弗是众神中的无产者，无力却又要反抗，他知道自己的生存状况有多悲哀。他下山的时候想的就是这种境况。洞察力让他痛苦，也造就了他的胜利。没有什么命运是蔑视不能战胜的。

*

如果说，这样下山会痛苦好几天，但也有可能是快乐的。“快乐”这个词并不多余。我还在想象，西西弗向他的巨石走回去时，痛苦才开始呢！当人间的情景过于强烈地萦绕在回忆当中，当幸福的呼唤过于迫切，忧伤会从人的心中油然而生。这是巨石的胜利，这是巨石本身。巨大的痛苦，沉重得不堪重负。这是我们的客西马尼[①]之夜。但压倒一切的真理一被承认就消亡了，所以，俄狄浦斯起初是在不知不觉中服从命运的安排的。从他知道的那一刻起，他的悲剧就开始了。但与此同时，这个陷入失望的失明者承认，把他与世界联系起来的唯一东西，是一个年轻女子娇嫩的手。于是，一句骇人的话响了起来：“尽管经历了那么多考验，我

①客西马尼：耶路撒冷橄榄山下的一个庄园，据《圣经》记载，被犹大出卖的耶稣，被捕前夜曾在此祈祷。——译注

的高龄和我伟大的灵魂让我判定一切皆善。”索福克勒斯笔下的俄狄浦斯，像陀思妥耶夫斯基笔下的基里洛夫一样，就这样给出了荒诞胜利的格言。古代智慧与现代英雄主义相遇了。

如果不是渴望写本幸福教科书，就发现不了荒诞："啊！什么？通过这么狭窄的小路……"但只有一个世界。幸福和荒诞是同一块土地的两个儿子，它们难分难解 。发现荒诞一定能带来幸福，这样说恐怕是错误的。荒诞感有时就来自幸福。“我判定一切皆善。”俄狄浦斯说。这句话非常神圣，它回响在人类凶残而有限的宇宙中，告诉大家，一切尚未耗尽，现在没有，过去也没有。此话从这个世界上赶走了一个神，这个进入人间的神不但不满足，而且喜欢徒劳地悲伤。这句话也把命运变成了人间的事，必须在人类之间得到解决。

西西弗无声的喜悦全在于此。 他的命运属于他自己。那块巨石就是他的事。同样，荒诞人冥思自己的痛苦时，就封住了所有偶像的口。在这个突然恢复寂静的世界里，大地上响起了无数轻轻的惊叹。无意识的和秘密的呼唤，各种面孔的邀请，这些都是必要的反面，也是胜利的代价。没有阴影就没有太阳，必须认识黑夜。荒诞人说是的，之后他会不断努力。如果说，存在某种个人命运，但绝对没有高人一等的命运，或最多只有一种，那就是他认为命中注定的可鄙的命运。至于其他，他知道自己是岁月的主宰。当人反躬自问，在这微妙之时，西西弗一边回到他的巨石旁，一边沉思这一系列彼此没有关联的活动。这些活动已经成了他的命运，是他自己创造，并在他的记忆的注视下联系了起来，很快就会以他的死盖棺定论。他相信人的一切事情都源自人本身，就像一个盲人，什么都想看，知道黑夜没有尽头，所以他一直在走，而那巨石还在滚动。

让我把西西弗留在山脚下吧！人们永远都能找到他的重负。但西西弗告诉了我们什么叫至高忠诚，这种忠诚能否定诸神，推石上山。他也断定一切皆善，觉得这个从此以后没有主人的世界不再贫瘠，不再无聊。这块巨石的每一粒石屑，这座笼罩在黑夜之中的高山，它的每一道矿物之光都能形成一个世界，都属于他。推石上山这一斗争本身就足以充实人心。应该想象西西弗是幸福的。

在喧嚣的世界里，

坚持以匠人心态认认真真打磨每一本书，

坚持为读者提供

有用、有趣、有品位、有价值的阅读。

愿我们在阅读中相知相遇，在阅读中成长蜕变！

好读，只为优质阅读。

西西弗神话

策划出品：好读文化

监　　制：姚常伟

产品经理：姜晴川

特约编辑：侯季初

责任编辑：张世琼

责任校对：陈　春

内文制作：尚春苓

装帧设计：TT Studio

图书在版编目（CIP）数据

西西弗神话 /（法）阿尔贝 · 加缪著；胡小跃译 . —杭州：浙江人民出版社，2022.5

ISBN 978-7-213-10456-5

Ⅰ . ①西… Ⅱ . ①阿… ②胡… Ⅲ . ①随笔—作品集—法国—现代 Ⅳ . ① I565.65

中国版本图书馆 CIP 数据核字（2022）第 012407 号

西西弗神话

［法］阿尔贝 · 加缪　著　胡小跃　译

出版发行	浙江人民出版社（杭州市体育场路 347 号　邮编　310006）
责任编辑	张世琼
责任校对	陈　春
封面设计	TT Studio
电脑制版	尚春苓
印　　刷	三河市嘉科万达彩色印刷有限公司
开　　本	840 毫米 ×1194 毫米　1/32
印　　张	6
字　　数	85 千字
版　　次	2022 年 5 月第 1 版
印　　次	2022 年 5 月第 1 次印刷
书　　号	ISBN 978-7-213-10456-5
定　　价	45.00 元